U0095087

CONSTELADO

千里远景，如在尺寸之间。

W

我 们 捡 些 木 头 ， 我 们 去 山 上 生 火 。

温柔亲启
Open Me Carefully

艾米莉·狄金森与
苏珊·亨廷顿·狄金森私信集

[美]艾伦·路易斯·哈特 玛莎·内尔·史密斯 编

李千末 译

中国工人出版社

目录

第一部分

1 ●亲爱的苏（1850 to mid-1850s）

第二部分

87 ●我们的船队（mid-1850s to mid-1860s）

第三部分

275 ●另一番孤独（mid-1860s to mid-1870s）

第四部分

391 ●永不着陆（mid-1870s to May 1886）

537 ●尾声

亲爱的苏
（1850 to mid-1850s）

19 世纪 50 年代早、中期，艾米莉写给苏珊的信热情洋溢，充满双关语，常提及写作。艾米莉致苏珊的信件中，保存下来的第一封信写于 1850 年。艾米莉和苏珊如何相识还无法确定，两人很可能在 1847 年或 1848 年结为好友。在 1850 年写给苏珊的一封信中，艾米莉的哥哥奥斯丁提到前一个感恩节，当艾米莉和妹妹拉维妮娅（维妮）邀请苏珊的"家人加入两三年来逐渐形成的圈子"，他很高兴。艾米莉写给苏珊的信和奥斯丁的信稿表明，兄妹俩都很喜欢苏珊。

艾米莉致苏珊的信件的时间，是由苏珊保存信的时间来界定的，而不是艾米莉写信的时间。很可能艾米莉给苏珊寄的信没有被保存下来。也许苏珊在1850年她姐姐玛丽难产去世后，开始保存艾米莉的信件，或者苏珊在开始保留奥斯丁的信件时，也保存了艾米莉的信件。

在二人通信早期，即1851至1852年，苏珊搬到巴尔的摩，在罗伯特·阿切尔女子学校教书。她离开的决定很突然，她致信哥哥德怀特，提到她离开时，"阿默斯特的好友都惊讶得瞪大眼睛"。苏珊独立特行，坦率磊落，关注精神层面，像艾米莉一样，她致力于智性探索，却无缘接受更高的教育。

艾米莉和苏珊一样厌烦家务。在给朋友塞缪尔·巴特利特的信中，苏珊写道："我已经开始春季的缝纫工作，大量的衣服和毛毯要缝制，堆在弯针前，我无比绝望，烦躁地琢磨着，我们为何不像无须纺织，无须劳作的百合花一般——我没有时间读书思考，也很少散步——只是围绕一卷'大衣的棉线'打转，俨然这是精神和道德生活的庞大中心——"

当艾米莉给苏珊寄去热情而俏皮的信件时，奥斯丁也正式追求苏珊，艾米莉则偷偷地将奥斯丁的信件寄给"亲爱的苏"。1853年，艾米莉幽默的言语中充满羡慕之情，提及奥斯丁的雄心勃勃、"博学多才"以及其提升的家庭地位；自阿默斯特学院毕业后，他就读于哈佛大学法学院。尽管艾米莉"喜欢有机会为我的人服务",但她给苏珊写信时,笔迹明显抖动,将自己等同为《大卫·科波菲尔》中的朱莉娅·米尔斯小姐。狄更斯形容该女士"在意别人的恋慕,自己却很孤僻"。

艾米莉和苏珊之间精神上的亲密关系始于二人交往早期。在给苏珊的信中,艾米莉经常提到在读的小说,并使用各种人物作为隐喻描述她对自己和苏珊的感受,评论亲友、文学和政治名人及事件。

1853年初,苏珊前往新罕布什尔州的曼彻斯特,探望姐姐玛丽及其姻亲塞缪尔·巴特利特。3月23日星期三,苏珊乘坐火车从曼彻斯特返回,到达波士顿,与奥斯丁在里维尔酒店幽会,而后这对情侣订婚。当苏珊回到阿默斯特,她与艾米莉分享这一消息,艾米莉随后给奥斯丁写信:"哦,我亲爱的'奥利弗',自从我们见到你之后,你一定很开心吧?""我希望你过得快乐。"在这封信中,艾米莉以苏珊似乎神情恍惚为由指责奥斯丁,艾米莉便设计了惩罚。"你罪该万死,让我想想,你该被热熨斗烫……"然后,她提醒他,当他在法学院学习时,她与苏珊经常见面,并以下文结束:"亲爱的奥斯丁,我很敏锐,你更敏锐,我像一只狐狸,你更像一只猎犬！我揣摩我们是很好的朋友。我揣摩，我们都尽力爱着（苏茜）[1]。" 在手稿中，艾米莉提到的"苏茜"已经被修改删除。在几周后写的另一封信中，开头是"奥斯丁，你想听到我的消息吗"，对苏珊的爱称已删，但保留了拉维妮娅的爱称。艾米莉问奥斯丁："面对上帝和我们的同胞，你自视甚高已有多久？"她接着写道："我想这一定是突如其来。"她开玩笑般推荐一些宗教文本，指导奥斯丁修心自律、放弃意志。她希望他享受"圣殿的特权"。

1854年4月，奥斯丁、拉维妮娅携其母亲前往华盛顿特区，探望在此担任国会议员的爱德华·狄金森。他们于4月7日到达，并逗留数周。此时，苏珊与艾米莉住在一起，与住在附近桑德兰的表兄，就读于阿默斯特学院的约翰·格雷夫斯为伴。4月中旬，苏珊写信给玛丽·巴特利特说："我和艾米莉留守家中，家人都在华盛顿——我们几乎每晚都会把对方吓得半死——除此之外，我们有非常独立的时间。"

三个月后，苏珊罹患"神经性发烧"，病得很重。在向一位朋友描述苏珊的病情时，艾米莉写道："我尽可能把每一个小时都留给她。" 8月，苏珊康复，

1　　原文为"I guess we both lone [S]us[ie]."，文中将翻译为"苏茜"。

前往纽约的日内瓦和奥罗拉，在那里她与家人待了近三个月。奥斯丁已从哈佛大学法学院毕业，并获得律师资格，他准备在西部发展。

苏珊从纽约的奥罗拉出发，前往密歇根州的格兰德港，和哥哥德怀特一起度过初冬。在一封规划旅行的信中，苏珊告诉哥哥："我一直觉得自己像个孩子，真正结婚的想法似乎很荒谬，如果我结婚了，我想我将感觉很奇怪，很意外——"

当苏珊指责奥斯丁干涉她与艾米莉的通信时，奥斯丁写道："至于你被剥夺与我妹妹的'精神交流'的权利——我一无所知——我知道你和她已经通信一段时间，但从未获悉已经结束。所以你不要怀疑是我干扰你们的书信往来。"

在接下来的信件中，艾米莉和苏珊都处于二十岁出头，字里行间洋溢着智慧、幽默、亲密无间。

1

若不是天气缘故，苏茜——我这张不受欢迎的小脸今就前来，端详你——偷亲姐姐一口——亲爱的流浪儿归来——亲爱的，多亏冬风瑟瑟，阻止这鲁莽的冒犯！亲爱的苏茜——快乐的苏茜——我喜悦着你的喜悦——为亲爱的姐姐你不再茕独而鼓舞。若你痛感孤单，别忘记所有小朋友都不遗余力成为姐妹！

天气酷烈，世界耸肩不屑，你听不到风在呼啸；你那小小"墓穴温暖、柔软"，却不"寂静"——你与那位爱丽丝美女迥异。姐妹们的小世界里，我想念一张天使的容颜——亲爱的玛丽——圣者玛丽——牢记那形单影只的人儿——虽然，她不来找我们，我们可归附于她！我爱你们姐妹两个——格外想见到玛蒂。

你诚挚的，艾米莉

1850年秋/冬

在这封信中，艾米莉提到苏珊的姐姐玛丽，她于1850年7月14日去世。12月，苏珊的姐姐玛莎（"玛蒂"）从密歇根州赶来，吉尔伯特一家暂时在大姐哈丽雅特在阿默斯特的家中相聚。"爱丽丝"指朗费罗的《卡瓦那》（1849）中的爱丽丝·阿切尔，她的房间是"一个温暖、柔软、寂静的墓穴"。在苏珊真正成为她嫂子之前很长时间，艾米莉都称苏珊为"姐姐"。

2

我在垂泪，苏茜，因为你——因为这"柔美、皎洁的月亮"冲着维妮与我，一径吟笑，未触及你，却悄然远矣——巴尔的摩可有月亮？苏茜，你从未告知，我怎可知晓？你可见过月亮恬静的容颜？今夜，她宛若一位仙女，乘一叶银色小舟航行夜空，星辰是她的船夫。适才，我请她搭我一程——抵达巴尔的摩，我辄下船，她顾自吟笑，踏舟而去。

月亮真不大方——有此教训，我不再央求她。今日，家乡下雨——有时，雨很大，我幻想你听到雨打落叶的滴答、滴答、滴答。幻想可以怡神，我静坐，敛息倾听、细察。苏茜，你听得到吗？或这仅是幻想？渐渐地，太阳出来——与我们作别，如前所言，此时，月色撩人。

如此清夜，苏茜，你若在此，我们一块儿散步，愉悦沉思——或不妨来一场"艾可·马维尔"式样的"幻想"，何不潇潇洒洒，如那孤独的单身汉，抽着雪茄——若成为备受崇拜的"马维尔"，多有裨益。你我还宜黾勉从事，铸造我们自己的卑微命运。那洒脱的男士复又做梦，很快将醒——报纸预告，将连载另场幻梦——比第一场愈加瑰丽，你可知晓？

你不希望他活得与我们一样久长？持续做梦，且形诸文字，供我们展读——多么洒脱的老人啊，他的儿孙，"小贝拉"和"小保罗"，令我羡慕！苏茜，他若离世，我们愿相随而去，毕竟世上再也无人诉说我们的生活。

我听说，朗费罗的《黄金传奇》来到镇里，堂皇陈列在亚当斯先生的书架。在那闻名遐迩的书店里，一位文雅的作者与"默里""韦尔斯""沃克"之流比肩，总让我想起"天马因于兽笼"——和他一样，我很希望，他们某个清晨"飞逝"，在本土的天空终日狂欢。亲爱的苏茜，我们痴想自己是唯一诗人——他人皆是平庸文字，聊以自娱。可是，为了我们自己，且企望他们愿分享我们的卑微世界、汲取我们乐意给予的养料。

　　你感谢我寄来的米糕！苏茜，你还说，你刚尝过。我好高兴寄去的物品讨你欢心。不待中午，你肯定饥肠辘辘，教那些愚蠢学生，一定累昏过去。我常幻想，你莅临教室，胖嘟嘟的二项式定理在手中挣扎，你还得向一头雾水的学生解释。我希望你鞭子狂抽，苏茜，为我的缘故；若举止不遂你愿，则狠狠鞭策之！玛蒂说，他们有时很蠢；但我想你会多加鼓励，宽宥错误。苏茜，你当坚信，这将磨砺你的耐心。玛蒂翔实汇报你夜间的欢闹：你扮演教师，让人生畏，又颇有趣。那就是你，苏茜，一定是你！若告知佩森先生，他定纵声大笑，偌大的黑眼睛滴溜溜转动，辉光四射！苏，尽量寻欢作乐，欢笑歌声不断，在我们的小世界里，泪比笑多；只是别过于快乐，让玛蒂与我相形失色，渐至不见，让更欢乐的女孩嘲笑我们的地盘空落！

　　苏茜，你竟想到，倘若分开，我决不写信给你，你怎萌生此念？我相信，你知道我的承诺比这高远。若从未说过，我定是<u>不便提笔</u>——隔断心心相印者，不是"<u>高峻</u>，亦非幽深"……

1851年10月9日

苏珊在巴尔的摩任教，艾米莉经常给她写信。艾可·马维尔（唐纳德·G.米切尔）的《一个单身汉的遐想》（1850）是一本畅销书，该书深受艾米莉、苏珊和奥斯丁三人喜爱。朗费罗的《黄金传奇》（1851）也是如此。这两本书都歌颂了浪漫的激情和痴恋。林德利·默里、威廉·哈维·韦尔斯和约翰·沃克是词典编纂者和语法学家。

3

～～～～～～～～～～～～～～～～～～～～～～～～

　　亲爱的苏茜，能让我来吗？就看看我的模样，脏旧的裙子、大的旧围裙，还有头发——哦，苏茜，无暇描述我的容貌；我对你的爱热切不减，就如我一片光鲜时，你不介意，是不是？亲爱的苏茜，我真的好开心——我们的心总是洁净，总是雅致、美丽，也就无须羞惭。今晨，我在认真干活，现在也应忙碌。我却不愿拒绝一两分钟与你相守的豪奢。

　　亲爱的苏茜，碟子不妨等等——餐桌不妨零乱，它们总是跟随我，你却"不总是"。苏茜，为何基督的圣人许多，我却拥有稀少，只有你——天使不可拥有苏茜——不可！不可！不可！

　　维妮如传说的织女，做着针线活。我很期盼某位骑士登门，坦承她的美丽当前，自己一无是处，且奉上心与手，仿佛这是他唯一值得拒绝的一点残余。

今日，维妮与我谈论变老。她认为年将二十，煞是可怕。我告知我不在意年轻与否，我愿意是三十，而你，年龄不限。维妮对我的"叶黄而陨"报以同情，复又忙活。亲爱的苏，请告知你的看法——一生一世，不是有些岁月，老迈也并非凄绝？——

今晨，我痛感灰凉。若尖嗓驼背，吓坏小孩，也不失为一番告慰。

你别跑，好吗？亲爱的苏茜，我不会加害于你，即便惶恐不安，爱你之心热切。

哦，我心爱的人，你弃我已久，我等你、寻你、唤你，不胜劳瘁；有时，合上眼眸，紧锁心扉，竭力忘记你，因为你让我悲伤如许，却无从将你抹去。哦，你永难抹去——苏茜，请再次答应我，我会微微一笑，又背起那离殇的小小十字架。

写信似乎失效，当一个人懂得如何体会——就坐在你身旁、与你交谈、听你的声音，何其亲近！何其亲密！"拒绝你"实在太难；"背上十字架，跟从我——"[1]，却给我力量。苏茜，给我写信，就写希望和爱，还有<u>坚忍</u>的心，"我们的天父"将丰厚酬报。春天和煦，我不知该如何承受；她若前来探望，与我说起你，哦，那肯定会杀了我！霜覆窗棂，世界一片萧冷，你的不在易于承受——因为<u>大地</u>也在哀叹小鸟的离去。若鸟儿归返，一片欢唱——那么，我该如何是好？苏茜，请原谅我，忘记我说的话，让一个可爱的小学生，给你朗读一首伯利恒和玛丽的柔婉颂诗，你就会继续安睡，满心甜蜜，祥梦不断，仿佛我未给你说这些<u>丑陋</u>。苏茜，别操心写信，你只字未写，我也不会生气——我知道你很忙，一天到晚，筋疲力尽，几乎无从提笔。苏茜，若有<u>这份心</u>，偶尔喟叹距我遥远，这就足够！容许你离去那么久，你不觉得我们耐心可嘉吗？我们不是把你视若珍宝，当作一位真正的、美丽的英雄，为人民而劳碌，诲之不倦，离开心爱家园？就因为我们憔悴、怨尤，别认为我们将战

1　《马太福音》10.38："不背着他的十字架跟从我的，也不配做我的门徒。"

斗异域的可贵爱国者忘记！苏茜，切勿哀叹——
快快乐乐，开开心心；自从去信给你，悠长岁月
逝去！几近正午，夜晚顷刻即至，朝圣的漫途，也
就少去一天。玛蒂很机灵，经常说你，我的宝贝；
我得离开你啦——感谢上苍给予我"天堂般的一
小时"，他若爱心涨溢，还请给我更长，更多——
即，把苏送回家！

永远爱着，永远、诚挚地爱着！

艾米莉——

1852年2月

在艾米莉写给苏珊的信中，她将骑士之爱与
宗教信奉的语言融合在一起。1915年，苏珊
的女儿玛莎·狄金森·比安奇在《大西洋月
刊》上描述其姑姑艾米莉，"她忠诚于所爱之
人，犹如骑士对待贵妇"。

4

苏茜，这是一个悲愁的晨——风在呼啸，雨在泼洒；"每一种人生，都有阴雨"，我几乎不知哪种雨飘坠最急，外面的雨，或内心的雨——哦！苏茜，我想依偎你的暖怀，再不听风吹雨打。可有空间给我？还是我得独自漂泊，无家可归？感谢你的爱，亲爱的，你会"爱我更多，待你回家时"！亲爱的苏茜，这就够了，我知道，我会满意的。我又当如何待你？——你不会更亲切，我已如此爱你，几乎破碎我的心——也许，生命的每天，每个朝夕，我可重新爱你——哦！若你许可我爱，我会多么快乐！

这珍贵的字条，苏茜，我反复捧读，纸张揉破，珍贵的思想却不会磨损。谢天谢地！苏茜！昨晚，整整一夜，维妮和我都在谈论你，在睡梦中哀叹你不在；我遽然惊醒，念叨"宝贝，你属于我"。我的苏茜，你好端端的，我却几乎怵于入眠，担忧有人将你偷走。别理会写信，苏茜，你手头事多；就每周写给我<u>一行</u>，说："艾米莉，我爱你。"我就会很满意！

你自己的艾米莉。

约1852年2月

"每一种人生，都有阴雨"出自朗费罗的《雨天》，这是艾米莉和苏珊以及朋友们分享的一首诗。

5

感激亲爱的小雪片，<u>今天飘坠</u>，而非虚空的<u>工作日里</u>，那时，凡俗的诸多烦扰不遗余力将我与离去的朋友隔绝。也很感激你，亲爱的苏，你从不烦厌我，或者说，<u>从不这么对我说</u>。当世界冰冷，暴风雪恻恻叹息，我相信有一方温馨的避难所，<u>遮风避雨</u>！苏茜，钟声悠扬，在北边、东边、南边，还有<u>你</u>村里的钟声。爱上帝的人们将去聚会；亲爱的苏茜，<u>你不去吧？</u>不要奔赴<u>他们</u>的聚会，今早，还是与我一道，前往我们内心的教堂，那里钟声永远悠扬，爱的牧师为我们说情！

他们都去日常聚会，聆听平常布道，独我不去；严苛的暴风雨，好心扣留我；苏茜，我枯坐，风声做伴，还有你。心头涌起一种熟悉的<u>君王之尊</u>，比往昔更加尊贵，因为我知道，即便<u>捣乱汉</u>也无从侵犯这番幽阒，我俩美好的安息日。周六晚上，一片阒寂，你的亲切来信收悉，非常感谢；也感谢它传递的爱意，那珠宝般的金色思绪与情感，我将之盛放的珍珠篮子已经满当！苏茜，今早，我在哀叹，没有夕阳为你镶上金边一页，没有一碧海湾，甚至也无一间天边小屋属于你，启发我天堂的构想，我愿将之赠予你。你知道，我必须沉落尘寰、沉落，给你写信——这里没有日落，没有星辰，甚至没有黄昏，我可诗情饱满地执笔——寄给你！然而，苏茜，信件至你的途中，也有一份浪漫——就畅想它跨过山岗，穿过幽谷，蹚过河流，车夫与列车员匆匆忙忙，送来给你；那不是在书写一首从未写就的诗篇？亲爱的苏茜，现在，我很想你，不知何由，然而，每一天过去，我更加思念。约定的甜蜜时刻一天天靠近，我眼底的七月和往昔大不一样。它曾经仿佛炎烈而干燥，那种燠热与灰尘，我实在很难萌生丁点爱意。但是，苏茜，而今，七月是最好的月份。我愿抛弃紫罗兰、露珠、早至的玫瑰、知更鸟，换取那愤怒酷热的正午。当我细数你来临前的分分秒秒，哦，苏茜，我常想说，你是多么珍贵，我凝望你，一言未发，泪水滴落，呆然木坐——然而，亲爱的，你全都明白，我缘何很想告知你？我无从知晓。想到那些我爱的人，原因全都遁去。有时，我真的害怕，我必须建造一座医院，收治不可救药的疯狂，将那种状态的我施以铁链，以免伤害你。

苏茜，总是阳光灿烂里，总是风雨如晦中，我们想念你，亘远如一；思慕之余，还有什么，我就不说，你明白的！

若不是亲爱的玛蒂，我不知如何是好。她很爱你，永不疲倦地谈论你，我们不是独自哀伤，而是聚在一起，絮说不停——这让我们乖顺不少。

只是昨天，我去看望亲爱的玛蒂，默念只待片刻，就只小片刻，因为我有大堆事要忙活。你能相信吗？苏茜，我在那待了一个小时，再一个小时，再半个小时，想不到逗留那么长——你猜，所有这些时光，我们都说些什么——若你想知道，用什么换取呢？——让我瞅一眼你柔美的脸，亲爱的苏茜，我则和盘托出——我们没有谈论政治家，没有谈论君王——但时光满满当当。当门闩提起，橡树门关闭，啊，苏茜，我灵光一闪，霎时明白那座小屋储藏的一切，于我是多么珍贵。玛蒂家，多么甜美，就如家园，却也忧戚，飘起丝丝记忆，画呀，画呀，画呀，最奇怪的是，她的画布从未绘满；每次我去，总发现她仍停在我离开时的地方。她在绘画谁呢？啊，苏茜，"我选择不说"——但不是卡特勒先生，不是丹尼尔·伯恩，我不能再说了。苏茜，若我告诉你，本周某晚，亨利·鲁特会来看我，我答应给他念你信里的部分内容；亲爱的苏茜，你不在意，是吗？他渴切地想听，我不会给他念你不情愿的内容，就一些我觉得他会喜欢听的小地方。苏茜，最近，我几次见他，无比倾服，因为他经常说起你，且给予高度评价。我知道，你远在天边，他仍真诚待你。亲爱的苏茜，我们的谈话里，聊你最多。他告诉我，你颇不平凡，我告诉他，你那么真挚，他的大眼睛露出喜色，似乎格外愉悦——苏茜，我知道你不会在意，若你知道此举带来多少欢悦。另一个夜晚，我告诉他，你给我写了很多信，他非常渴切地仰头，我知道，若与我很熟，他肯定会说什么。于是，我回答了他心里想问的问题。这周的某个愉快夜晚，你思念家园和阿默斯特，也知道，心爱的人儿，他们在思念你，"两三个"奉你之名，聚集一堂，深情说起你——

你会不会在其中呢？我也找到一个很棒的新朋友，我告知他亲爱的苏茜的一切，承诺一旦你回来，即通知他。[1] 亲爱的苏茜，你所有的信件里，总有许多美好的印记，我很想提及，却没时间。请别误以为我已淡忘。哦，不会，它们藏在决不吐露的小胸脯里，虫子、铁锈无从企及。当我们梦想时刻来临，苏茜，那时，我会奉上，到那时，我们消磨好几个小时，讨论朋友的珍贵想法——我以前好喜欢，现在仍然喜欢！苏茜本人之外，没有什么有一半的珍贵。苏茜，我没问你是否开心健康，不知为何，只是在我们挚爱的人身上，仿佛有一些永恒不变的东西，永恒的生命与活力，疾病与伤害都会逃遁，惮于加害。苏茜，你被劫走，我会将你归为天使，你知道《圣经》说——"那里不再生病"。[2] 可是，亲爱的苏茜，你身体好吗？心情平静吗？我不会说你快乐吗，以免让你哭泣。没看到墨水渍吗？亲爱的苏，那是因为我不守安息日！

1　新友即亨利·V. 埃蒙斯。

2　《以赛亚书》33.24："城内居民必不说，我病了。其中居住的百姓，罪孽都赦免了。"

[第一页背面] 苏茜，我该怎么办？没有地方写了，无从表达想说的一半。你就不可吩咐那造纸的人，我实在鄙视他！ [第一页边缘] 埃米琳康复得很慢；可怜的亨利。我想，他痛感，真爱之路坎坷不平。 [第二页边缘] 谁爱你最多，爱你最好，别人休憩时，仍在爱你？这是艾米莉——

缘] 母亲和维妮捎来很多爱，还有一些人惮于说爱。 看你方便，苏茜，劳瘁不堪时——千万不要！ [第三页边缘]

[第四页边缘] 何时来信？ [第三页边

约1852年2月

宝石、黄金，爱的财富，以及如宝石般的苏珊，这是贯穿艾米莉诗歌的意象模式。她哀叹自己没有"夕阳为你镶上金边一页"，这可能是指艾米莉无法用镀金的信纸写信，让信件成为礼物。卡特勒先生是阿默斯特商人威廉·卡特勒，他于1842年与苏珊的姐姐哈丽雅特结婚。在第二页的空白处，艾米莉提到埃米琳·凯洛格及其未婚夫亨利·纳什。

6

苏茜，你喜欢我吗？今晨，我顽劣而乖戾，这儿没人喜欢我；若见我愁眉紧蹙，听我所到之处，房门狂甩，你也不会喜欢我的。可是，这不是愤怒——我深信不是，四顾无人，我以围裙的边角拭去硕大泪滴，又接着干活——苏茜，这是痛苦的泪——那么灼热，烧伤我的脸颊，几乎烤焦我的眼眸，你也曾恻恻饮泣，明白其中愤怒少于忧伤。

我确实渴望飞快逃离——躲过这一切；躲在亲爱的苏茜的怀里，那片爱与休憩里，永不离去；茫茫大世界，不再召唤我，也不罚我疏于工作。

翡翠色的小麦克在洗衣服，我听到温暖的泡沫溅泼的脆响。我刚把手绢递给了她，就不可再哭。房间的楼梯上，维妮扫来扫去；母亲丝绢裹头，抵御浮尘，匆匆来窜。哦，苏茜，一片阴惨、忧伤、凄凉——太阳不耀，灰云冷峭，风不柔和，叫嚣最尖厉的曲子，鸟雀不歌，只是啾鸣——无人展开笑颜！我描绘的图景逼真吗？苏茜，你觉得怎样？你不在意——因为这不会持久，我们一样爱你、思念你，此情热切，就如天气晴好。苏茜，你珍贵的信件，摊在眼前，冲我微笑，让我想起那写信人，爱意充盈心扉。亲爱的，你回到家，我就收不到你的信，是吗？但我拥有你本人，这更多——比我想到的更多，也更好！我坐在这里，手持小鞭，将时间抽走，不让一个小时留下——啊，你在这里！欢乐在此——欢乐此刻，天长地久！

苏茜，不要多少天，一晃而过，我却说，去吧，就在此刻，我需要她——我必须拥有她，哦，请将她给我！

玛蒂很亲切，也很笃实，我很中意她；我也很珍爱艾米莉·福勒——坦普、艾比、埃米，我全都爱，也希望他们爱我。可是，苏茜，仍有空阔的一隔，我以离去的人填充，我盘旋良久，呼唤亲爱的名字，请与我对语，询问是不是苏茜，答曰，不，姑娘，苏已被劫走！

我在抱怨吗？这是不是一通牢骚？我是否忧伤寂寞，且无可奈何？有时，我真觉如此，我想这是错误的。上帝将你掳走，借以惩罚我。他的确大发善心，让我给你写信，把你甜蜜的信件赐予我，可是，我的心渴求<u>更多</u>。

苏茜，你可曾想过？我知道你想过的，这些心究竟想要多少。我不敢置信，在这广袤的世界，我们每天怀揣的这般坚硬的小债主——这十足的<u>小气鬼</u>。听到怨怒，有时，我忍不住想说，心啊，少安毋躁——以免有人将你找见！

我脚踏台阶外出，给你摘取初生的绿草。我将去我们昔日栖坐、悠悠幻想的角落。也许，那翠美的小草苗长不少，也许听懂我们的话，却<u>默无一语</u>！亲爱的苏茜，我回来啦！并发现——这茎小草，不复当初的欢快青翠，而是愁郁忧思，为幻灭而伤。无疑，某株年轻、整洁的<u>车前草</u>赢取它幼嫩的心，又辜负情意——你不希望小小的车前草之外，再无负心人？

苏茜，我们的心不破碎，真的神奇。每天，当我想起所有的大胡子，所有的勇士，我猜，我揣着一颗冷硬的石头心，这颗心从不破损。亲爱的苏茜，若我的心是石头，你的心则是石头里的石头，我似已飘走，你却决不屈服。苏茜，你说，我们会不会总是顽石一块？怎会这样呢？看到蒲柏们、波洛克们，还有约翰·弥尔顿·布朗们，我以为我们也有此潜能，却不得而知！很高兴，我们拥有远大前程。你很想知道我读的书，我深感惭愧，我的书实在太少。

刚读完的三本小书，并不算好，也不引人入胜，却也甜蜜真实，分别是《幽谷之光》《唯一》《岩石上的房子》。我知道你会全都喜欢，我却一点也不着迷。这些书没有林中漫步，没有热切低语，没有月光，没有偷走的爱，只有纯洁的小生命，热爱上帝、热爱父母、遵守大地的律法。但若碰见，不妨一读，苏茜，这些书不无裨益。

有人承诺给我《奥尔顿·洛克》，还有一本《奥利弗》，以及玛蒂向你提过的《一家之长》。维妮和我读过一天送来的《荒凉山庄》，这本书，我只能说，很像作者的风格。亲爱的苏茜，上次的信中，你那么开心。这让我也很开心，如今，你心情愉悦，不受我的忧愁感染，是不是？若我让你悲伤，或你的眼眸为我黯然，我无从原谅自己。此信来自紫罗兰的国度，正是春回大地，却给你送去一片愁苦，确不相宜。苏茜，我总是想念你。我会永远将你留在这里，你若消失，我亦随之消逝——同一棵柳树下。我只能感谢"天父"，将你赐予我，我只有不停祈祷，恳求他护佑我心爱的人，将她带回给我，"永不离去"。"这就是爱"。[1] 那是天堂之爱——这是尘寰，然而，尘寰堪比天堂，若忠贞的人召走，我会踌躇。亲爱的苏茜——再见！

艾米莉——

<hr />

1　　《约翰一书》4.10："不是我们爱神，乃是神爱我们，差他的儿子，为我们的罪作了挽回祭，这就是爱了。"

1852年4月5日

"翡翠"这一说法把在狄金森家做工的麦克夫人（爱尔兰人）与戴维·麦克执事一家区分开来。艾米莉提到她的朋友艾米莉·福勒，在信的边缘，她还提到约瑟夫·莱曼——艾米莉和拉维妮娅共同的朋友。她调侃朋友成为文学名家，似乎影射亚历山大·蒲柏和一位当时苏格兰享有盛名的诗人罗伯特·波洛克。所提到的书籍有纪念玛丽·伊丽莎白·斯特林的作品《幽谷之光》、马蒂尔达·安妮·麦卡尼斯的《唯一》和《岩石上的房子》、查尔斯·金斯利的《奥尔顿·洛克》、迪纳·玛丽亚·克拉克的《一家之长》和《奥利弗》，以及查尔斯·狄更斯的《荒凉山庄》。在这封信的边缘，艾米莉还提到1852年3月30日姑姑玛丽·纽曼（爱德华·狄金森的妹妹）去世。

【第一页背面】父亲的妹妹去世，母亲的帽上缠有黑纱，领子也是黑纱。● 【第一页边缘】维妮挡上很多很多的爱，她很想那小纸条。● 【第二页边缘】奥斯丁周三回家，只逗留两天，我想，我们不可像『去年』。● 【第三页边缘】甜腻腻的。去年已去，苏茜——你也曾念及？● 【第四页边缘】约瑟夫【莱曼】去了南方某地，遥远的地方，但已给我们来信。

7

那么甜美，那么宁静，还有你，哦！苏茜，更复何求，让我的天堂完整？

甜美时光，福赐时光，将我载向你，将你带回给我，匆匆一个吻，又低声道别。

苏茜，我一整天都在想着，也就少惧怕其余。当我参加聚会，它充溢我的心灵，没有缝隙能安置那尊贵的牧师；当他呼唤"我们的天父"，我则呼唤"哦，亲爱的苏"；当他朗读《诗篇》第一百篇，我顾自念叨你珍贵的信件；苏茜，当他们唱歌——用呢喃细语为离去的人歌唱；你若听见，一定朗声大笑；当唱诗班欢颂哈利路亚，我编写歌词，吟唱我怎样爱你，而你远去。我料定无人听见，因为我的歌声喃喃，然而，痴想我可压盖他们，为你歌唱，也不失为慰藉。今天下午，我未去聚会，我在这，给我亲爱的苏茜写一封短信，格外欢喜。想到十周——亲爱的，也想到爱，还有你，心间煦暖，呼吸止息。太阳不照，我却感到阳光潜入心灵，辉耀成夏日；每一棵蒺藜，怒放成玫瑰。我祈祷，这夏日阳光也照拂我离去的人儿，让她的鸟雀啁啾！

苏茜，你平素开朗，如今愁肠百转——世界仿佛孤寂；但不会总是如此，"有些日子必定黑暗而沉闷"！苏茜，你不再哭泣，对不对？因为我的父亲是你的父亲，我的家是你的家；你去哪里，有我跟随，墓冢里，我俩并肩躺卧。

亲爱的苏茜，我的父母在尘世，你的父母在天空，我有尘世的火炉，你的火炉燃烧在天，你有"天国的父亲"，我却没有——你还有天国的姐姐，我知道他们很爱你，每天都牵挂你。

哦！你那么多珍贵的天上朋友，我渴望拥有一半——现在，我不愿割舍——却深信他们安全抵达，永离苦难！——亲爱的苏茜！

　　我知道，写这些令人焦躁的事情，我实在促狭；我也知道，若决意忍耐，本可克制，可是，我的心几近破碎，周围却无人在意——我对自己说，"我们就告诉苏茜"。你不知那是何等慰藉，你不会知晓的。当大杯苦楚斟满，他们说："苏茜，喝吧！"亲爱的，让我趋前，饮去一半，你方知甘苦！

　　苏茜，你休息好了，我很高兴。我希望一周给你<u>更长</u>、<u>更多</u>的日子与欢乐；然而，若持续更长，你不可早早归来，我会倍增孤独，真的！于你，十周仿佛短暂——因为你操劳不息，玛蒂与我却是凄长。我们不胜疲惫，疲于等待，极目将你寻觅，眼睛发痛，时而坠泪。我们却存留<u>希望</u>，希望不灭，为时光鼓劲。苏茜，就想想，现在是一段空白——十周结束，不再空白，不再白雪皑皑；顷刻间，你就在这，你我共坐宽宽的石阶，我们的生活融合在一起！现在，我不能说了，这令我愈加渴求，想着这，想着你，今夜难以成眠。

　　是的，我俩亲切私语，追忆有谁离去——去

年有谁，爱与追忆护送小懊悔，安置我们中间。

亲爱的苏茜、亲爱的约瑟夫；为何带走最好的、最亲密的，将我们的心留在后头？当爱人叹息；橡树叶缠结，嫉恨爱的人在屋内大嚼糖和饼干，我探看能找到什么。苏茜，就想想；我毫无胃口，也无钟爱的人，于是，珍惜运命，采集古老的石头，你的青苔绽开小花，对我说话，排遣了我的孤愁；若近处有人，渐渐地，可望见玛蒂与我坐在高高的——灰色岩石上，听我俩絮语！我俩盘踞岩石，对亲爱的苏茜的挂牵是否与我们相随，居于其间？心爱的，你的心里最明白！

你不在，我为你收集了一些物品，一枚橡果、一些苔藓和花儿、一枚小蜗牛壳，雪将之刷洗莹白，你会以为是一位巧匠以雪花石膏雕琢——我以溪边采摘的一茎夏草缠结，都给你留着。

今天，我在教堂瞥见玛蒂，不过没和她说话。周五晚上，我看见她，与她交谈了。哦！我真的好爱她——当你返回，我们若活着，那真是妙绝，苏茜。你向我倾诉忧愁，你"失去的、恋慕的"，更确切地说，你恋慕的、赢得的，那实在是多，亲爱的苏茜；我能数出许多庞大真实的心，簇簇盛开，永不凋谢，直到永远！

艾米莉莉——

1852年4月下旬

苏珊与朋友哈里特·辛斯代尔一起度春假，为期十天。她们在马里兰州的哈弗尔·德格雷斯拜访哈里特的姐姐。"亲爱的约瑟夫"指约瑟夫·莱曼，他新近离开阿默斯特，去南方发展。艾米莉把苏珊和约瑟夫联系在一起，因为两人都远在天边。她还提到朋友简·汉弗莱。正如前一封信，艾米莉再次引用朗费罗的《雨天》："有些日子必定黑暗而沉闷。"艾米莉提出与苏珊分享所有，这呼应《路得记》中路得对拿俄米说的话，这是婚礼经常出现的誓言："请你不要让我离开，不要催我回去不跟随你，你往哪里去，我也往那里去。你在哪里住宿，我也在那里住宿。你的国就是我的国，你的神就是我的神。你在哪里死，我也在

那里死，也葬在那里。除非死能使你我相离，不然，愿耶和华重重地降罚与我。"（《路得记》1：16-17）

珍贵的苏——珍贵的玛蒂!

我此生的全部渴求——全部祈祷,或悠悠来世的希冀!

亲爱的玛蒂刚走,我站在方才我俩谈笑的地方。临别之际,我们说起你。我们说:"亲爱的苏茜。"阳光如此温煦,囚禁的树叶窥探,知更鸟回答:"苏茜";群山翠拔,放下劳作,咏叹"苏茜";田野欢笑,草地芬芳,一群仙女般的苏茜涌现,问:"是我吗?"不是,小家伙,是我的苏茜,我爱的人,"眼睛未曾看见,耳朵未曾听见,人心也未曾想到"。

这些天堂般的日子,让你显得越发亲近,每只欢歌的鸟雀，每颗绽开的蓓蕾，让我越发想起那看不见的荒园，它在等待前来耕种的人儿。亲爱的苏茜，当你临至，寂静花圃，芬芳怒放！我细数那些日子——我好渴慕那样的时光——我可细细掂量，且不被斥为"疯癫女人"的时光！我捏造一个拉丁词——苏茜，我不知道这在斯托达德与安德鲁的拉丁词典里的说法。

我想寄来欢乐，几乎有心包装一只灵巧的小知更鸟，寄来为你歌唱。我知道，我会的，苏茜，我以前真的认为，他可活着寄来，奉上小曲。

我会让万物欢歌不歇，迎接亲爱的宝贝返家——我也会让花朵敛住，等到那时绽放——

我必须去一趟花园，鞭笞一株神气的皇冠花，不等你归返，它凛然昂头。再见，苏茜——夕光凄艳，我思念你，朝霞绚烂，复又念及；从昏到晨，总是惦记，矢志不渝，直到这颗小心脏停止，死寂。

艾米莉。

约1852年5月

艾米莉提到《新约》:"神为爱他的人所预备
的,是眼睛未曾看见,耳朵未曾听见,人心
也未曾想到的。"(《哥林多前书》2.9)"斯
托达德和安德鲁"是所罗门·斯托达德和伊
桑·艾伦·安德鲁斯,二人是《拉丁语语法》
的作者。

9

苏茜，他们今天在大扫除。我飞快退入我的小房间；将与你欢度一段宝贵时光，飞逝岁月中，至贵的时光；它昂贵如金，我不惜以一切换取，不愿蹉跎，枉然叹息。

难以置信，亲爱的苏茜，我竟几近一年未与你相守；有时，时间貌似短暂，对你的思念暖融融的，如你昨日方去；若年复一年，时光跋涉，悄无声息，时间仿佛并不绵长。

很快即可见你，拥你入怀；苏茜，原谅泪如雨下，泪水，伴欢乐而至，我不忍嗔怪，将之遣家。我不明原委——你的名字里有什么，如今，你从我身上劫走，念此，充溢我的心，让我的眼眸泪水噙满。不是提及那些让我<u>伤悲</u>，不是的，苏茜；念及我们厮守的每次"阳光明媚",若不复存在,我猜,是这让我泪落如雨。玛蒂昨晚在这儿,我俩栖坐前门的石块,谈论生活与爱,低语对喜乐的幼稚幻想——夜顷刻阑珊,月色清宁,我送玛蒂归家,盼望你、盼望天国。亲爱的,你不在,天国一角显现,或说,于我们,仿佛是如此;我们并肩漫步,寻思是否有人在领受有一天属于我们的伟大福音。亲爱的苏茜,这种融合,两个生命的合二为一,这可爱而奇异的收留,我们只可旁观,未被接纳。它填补心灵,让心灵狂乱搏动;某一天,它带走我们,让我们归顺,我们不会遁去,只是欢乐静卧!

苏茜,很奇怪,对这个话题我们都缄默不语;时常触及,却遽然逃离,如阳光灼烈,小孩闭上眼睛。我总是寻思,你可有奇妙幻想,照亮你的生命,幻想有人在夜里忠诚聆听你的呢喃——幻想有人伴步岁月悠悠。苏茜,你回来后,我们一定细谈。

对于新娘,我们的生活一定无趣;盟誓的少女,每个白昼,闪烁黄金,每个夜晚,采撷明珠;对于妻子,苏茜,有时被遗忘的妻子,也许我们的价值胜过世上其他人。你可看到清晨的花，满足于一滴露珠；正午，阳光灼热，朵朵馨香痛而弯腰；试想，这焦渴的鲜花此时只需——露珠？不，花儿渴慕阳光，渴慕灼热正午，即便阳光使之枯萎，使之伤痛；花儿夷然走过——深知正午的男人比早晨更具力量，则以生命奉献。噢，苏茜，太危险了，太昂贵了，这简朴信赖的精神，更为强健的精神，我们无从抗拒！苏，这撕裂我，每每念及，不寒而栗，担忧有一天，我也屈从。

苏茜，原谅我情意绵绵——此信已是冗长，若非受限不通情理的笺面，我可能没完没了。

收到你的信，苏茜，亲爱的小花蕾——我的泪水又夺眶而出，在这荒凉的大世界，我不是全然孤独。眼泪，犹如阵雨的朋友，泪过，就有吟笑。天使称之为彩虹，在天空演示。

再过四周多——你将属于我，全部属于我，偶尔借给海蒂、玛蒂一点点，她们承诺别弄丢你，很快送回。我不会计算日子，也不让期盼的幸福填满杯盏，以免焦渴的天使一饮而尽——我的苏

［第一页边缘］奥斯丁返家又走；生活复归于静；为何暴风雨过后，则是平和？ ● ［第二页边缘］这学期，我未见到鲁特，我猜，于他，我和玛蒂都不够！ ● ［第三页边缘］你何时再来信？一周后，让这周快过去吧！ ● ［第四页边缘］维妮和母亲寄来问候；我能否大胆附上我的惦念？ ●

茜，我仅盼望，战栗地盼望，不是说，货载满船，搁浅岸边？

苏茜，上帝是善，我相信他将营救你。我祈求在他的美好时光里，我们重逢。若此生无从再晤，苏茜，记住，无论那一时刻何时来临，再也不会分离，渴望这么久，只要我们倾心相爱，没有分离，没有死亡，也没有墓冢可分开我们！

你的艾米莉莉——

1852年6月初

艾米莉在这封信中的语气表明，她并不知道苏珊与奥斯丁的亲密关系。就在四个月前，苏珊曾在情人节致信奥斯丁，讲了一个私密笑话，提到另一年轻人送给苏珊栗子，苏珊和奥斯丁一起品食。不久，阿默斯特传言，"奥斯丁·狄金森和苏珊·吉尔伯特关系已定，经常待在一起"。

10

苏茜，这六月的下午，我只一个念想，那就是你；我只一个祈祷，亲爱的苏茜，那是为了你。我们手拉手，就如心连心，像儿时一样，徜徉林间田野，忘记这些惧怕繁多，这让人悲忧的烦恼，又成为孩子。苏茜，我好希望是这样。我环顾四周，惊觉自己孑然一身，复为你叹息；徒然低喟，毕竟无力将你带回。

世界越宽广，亲爱的人儿越稀少，我越需要你；你离去的每一天——我思念我最大的一颗心。我自己的心在彷徨，呼唤着苏茜——朋友珍奇，不可断裂，哦，朋友实在罕见，顷刻消散，无复找寻。不要忘记，此刻的记忆将拯救我们爱之已晚的痛苦！苏茜，亲爱的，请原谅我，我说的每一个词——我的心里全是你，想的也只有你；力求向你说些其他，却语塞。若你在这多好，哦，好想你在这，我的苏茜，我们不需言语，眼睛可以传语；你我的手紧握，一切尽在不言中——我想把你拉近，很多星期全都驱散，驱至很远，幻想你已临近，我踏上翠绿小巷，迎接你，心儿欢蹦乱跳，我竭力驯服，学会坚忍，静候亲爱的苏茜。三周——不会永驻，定随小兄弟姐妹，返回西天的永久家园！

越渴望那珍贵的一天，我就变得越发焦躁；现在，我只为你悲伤；现在，我开始盼望你。

亲爱的苏茜，我绞尽脑汁，思考你喜欢什么，给你寄点什么——最后，我凝望娇小的紫罗兰，她们央求我将之送走，特此奉上——还有骑士般的小草，有教师的姿态，也求相伴。苏茜，花儿卑小，我也担心幽香散去；它们却向你诉说家中一颗颗温暖的心，那"不打盹儿，不睡觉"的忠诚。[1] 枕之，可让你梦见蓝天家园，以及"蒙恩的国度"！你返家之后，你我还可与"爱德华""爱

1　　《诗篇》121.4："保护以色列的，也不打盹，也不睡觉。"

伦·米德尔顿"小晤。[1] 我们必须查明其中是否藏有真实，若有，是你我前行的方向！

别了，苏茜，维妮捎来她的爱，母亲捎来她的爱；我怯怯附上我的爱，以免有人在那！！苏茜，别让人看到，好不好？

艾米莉莉——

〔第四页边缘〕为何我不可担任辉格党大会的代表？我不也了解丹尼尔·韦伯斯特？也懂得关税与法律？那样，苏茜，我可在会议休憩时见到你——但我却根本不喜欢这个国家，再也不愿在此逗留！「消除」美国、马萨诸塞州！

1852年6月11日

艾米莉的父亲爱德华·狄金森是全国辉格党大会的代表，大会于1852年6月16日在巴尔的摩召开，他把这封信转交给苏珊。艾米莉幻想着回到童年，抱怨妇女在19世纪新英格兰的政治和社会地位较低。

---

1 英国小说家乔治安娜·福勒顿夫人（1812—1885年）的著作《爱伦·米德尔顿》。

温柔地打开我——

11

~~~~~~~~~~~~~~~~~~~~~~~~~~~~~~~~~~~~~~~

我的苏茜提出最后请求；好的，亲爱的，我答
应，我们分开的日子一晃而过——再有六个倦日、
六个黄昏，我孤独的小火炉，我寂静的炉边，将再
度围满。

"我们七人，一个在天堂"，下周六，若我拥
有我的，我们三人，无人在天堂。

不要弄错，我的苏茜；乘坐马车，而不是乘金
色翅膀，一去不返——当云天的人向你招手，朝
你微笑，邀你同行，别忘记那小巷，小巷边的小
屋——噢，苏茜，我的宝贝，我当窗独坐，眺望西
天树丛下的金光大道；我幻想你走来，行走在绿草
坪，小小的鞋子履过，叶片沙响；我躲在椅背后，
想吓你一跳；盼着见你，我冲至门前，突然记起

你不在。常常，我醒来，睡眼惺忪，笃定我梦见了你，你黑而灵动的明眸冲我吟笑，温婉无限，我只有垂泣，愿上帝护佑你。

苏茜，下周六，你真愿回家，再做我的苏，亲我，一如往昔？

我真可端详你，不是"模糊不清，是面对面"？[1]或是我做着白日梦，一枕黄粱，终将醒觉？我望眼欲穿，迫不及待想见你，不可拖延，必须此刻拥有你——重睹你芳颜的渴望，让我狂热，心跳加速——深夜就寝，惊悟自己枯坐，了无睡意，双手紧握，默念下周六，"一点也没"想起你。

有时，我想要周六，不要明天；我想，上帝今天把周六给我，我以周一交换，于他有何差别；随即，自觉滑稽可笑，希望那珍贵的周六别忽焉而至，等我整理思绪，懂得如何体会。

啊！苏茜，仿佛阔别的爱人行将归来——我

---

1 《歌林多前书》13.12："我们如今仿佛对着镜子观看，模糊不清。到那时，就要面对面。"

迎接的心，忙得不亦乐乎。

今晨，牧师阐述罗马天主教，详述几件通常骇人听闻的事项。我则苦思冥想，决定迎接你时，穿哪条裙子最美，黄褐色的，还是蓝色的？我思前想后，定为蓝裙，冷不防，牧师的拳头狠击在台上。苏茜，我魂飞魄散，尚未定神，但很高兴我想好了！散会后，我和玛蒂走回家，不经意间，有人提起你——透露你周日归返；嗯，苏茜，为何归返，不愿多问，靴子仿佛弃我而去，我插翅而翔——苏茜，此刻，我扶摇直上，翅膀莹洁如雪，明亮如夏日阳光——因你与我同在，短短几天后，你与我在家厮守。请耐心等待，我的姐姐，时光匆匆，噢，很快！

苏茜，我下笔匆匆，很是随意。母亲外出，我要赶去做晚饭。此外，亲爱的，我仿佛与你很近，鄙视这支笔，期待暖融融的语言。

致以维妮与我的爱，还是

你的艾米莉莉——

1852年6月27日

艾米莉指母亲在波士顿看望奥斯丁，并可能住在她妹妹诺克罗斯家中。苏珊预计七月初到达阿默斯特，奥斯丁将在月底返回。艾米莉在第二段提到华兹华斯的诗《我们七个》，把诗中天堂里的两个孩子改为一个。"下周六的三人"将是苏珊、艾米莉和维妮。关于苏珊7月3日从巴尔的摩归来，以及艾米莉对7月26日的团聚和奥斯丁返回阿默斯特的感受，都没有书面记录留存。那个夏天和秋天，奥斯丁和苏珊"总是一起"，艾米莉是如何看待，不得而知。

12

~~~~~~

亲爱的朋友：

很遗憾告知，昨日三点，我的思维停止，此后一直呆滞。

不待你获悉，我很可能成为一只蜗牛。天降大难，一个精神的、道德的存在从斯世被无情铲除。我们却不该怨尤——"上帝行事莫测，创造神迹，脚踏沧海，驾驭风暴"；假若他下旨，让我变成一头熊，吞噬众生，于这堕落的末世，善莫大焉。

若那云中君子，乐意停掷雪球，我可与你再会，否则佳期难定。父母身体硬朗——沃尔夫将军在这——我们盼望皮特凯恩少校搭乘下午的马车抵达。

昨日，我们凄然不欢，料想猫儿迁居永生。

然而，她昨晚归来；暴风雨突至，她猝不及防，滞留在外。

我从《波士顿报》得知，吉丁斯再次得势——望你和科温筹划一下，让北方所向披靡。

天气晴好，还宜雪橇——已订购五十二捆的黑胡桃木。拟开辟滑道，你无意加盟？

你矢志不渝的——犹大

1852年12月初

在第二段中，艾米莉根据记忆引用威廉·柯珀的《黑暗中闪耀的光芒》，改动了一行。爱德华·狄金森作为辉格党候选人刚被选为国会议员，艾米莉给他的来访者起了绰号，一位叫沃尔夫将军（此人在攻克魁北克战役中，光荣牺牲），另一位叫皮特凯恩少校（此人在邦克山受了重伤）。1848年，约书亚·里德·吉丁斯与辉格党决裂，因为该党支持《逃亡奴隶法案》，而菲尔莫尔的财政部长托马斯·科温反对该法案。

13

亲爱的苏茜，太阳暖暖地照，最和煦的阳光却消失了；在那遥远的曼彻斯特，这冬日下午，我失落了整片蓝天。[1] 维妮与我在这——即你下午前来造访，常见我俩的地方——今天，我思念你的容颜，刚才，垂下一滴泪，坠落针线上，我则放下，给你写信。亲爱的苏茜，我更愿交谈——与你频频相见，仿佛是很久以前——苏茜，我俩结伴，已是很久以前——我俩相守黄昏，诉说心爱的人，已是很久很久以前。但你会再次归来，苏茜，来日方长！那是上帝的天空里最灼亮的星辰，我凝望无尽。

亲爱的苏茜，我冲至门口——在雨中狂奔，

1　苏珊在新汉普郡的曼彻斯特拜访亲友。

只穿拖鞋，呼唤"苏茜、苏茜"，你却不看我；我又冲至餐厅的窗前，奋力拍打窗户，你却径自乘车离去，对我全然不顾。

我返回桌前，想起我进早餐时，你正离去，孤独萦心，泫然泪下——渐渐地，我也想到，劫走你的歹毒马车，很快也会将你载回，这份歹毒令我欢喜，我止住哭泣，直到刚才那滴泪水坠落。离去的人儿，我希望时光走开，让我迎你归来——我麻利地做针线，整饬花枝；专心劳作，待你返回，则可歇下爱你。

很快，我们又可谈说——那些分离的欢乐——我不甚明白的昔日、你的离去与归来。我的苏茜，亲爱的，你是最可爱、最明丽、最美的话题。亲爱的苏茜，上帝怜惜我们孤零，赐给我们一些人，与之交谈，真的很美——我们品过，为之陶醉；美如香花，有蜜蜂盘桓、流连不去，嗡嗡不停。

与一个我的人分离，尤其是与我的人分离，我不堪落寞；你不在，日子变长。

他们昨天耍花招——今天又骗了我。

十二小时确为一——称之为十二的两倍，三倍，再加，再加，再加，再乘，我们以后再谈。

"乔治·布朗先生住在多弗尔——良善的卡罗斯·芬奇和大卫·福莱尔"——哦，苏茜！多少人弃我而去；你可安全抵达，却觉陌生——或只是归家——你可找见中意的朋友，一见倾心，胜过故知？

所有这些，还有更多，苏茜，我渴望获悉，我会很快获悉，对不对？我乐于这么想。

哦，苏茜、苏茜，我一定以最古老的方式呼唤你——必须说，于我，仿佛是倾听时钟静静嘀嗒，却未送来礼物——我的礼物！我自己的！

亲爱的，也许你读不懂。这言语凌乱，但源头的思念历历可见。苏茜，大家都问候你——我的母亲和妹妹——你的母亲和妹妹，还有一位青年，落寞青年，苏茜，你知道还有谁！

艾米莉——

回信时告诉我，我是否应当问候你住所的女士！

1853年2月24日

艾米莉引用朗费罗的《卡瓦纳》中的一个日历游戏。"在多佛住着乔治·布朗绅士/善良的克里斯托弗·芬奇，和丹尼尔·弗里尔。"这个游戏可以确定一年中每个月的第一天是哪一天。

14

我知道，亲爱的苏茜很忙，否则，她不会忘记她落寞的小艾米莉。她前往曼彻斯特，她即去信，耐心等待，直到忍无可忍，那颗笃信的小心脏，遭弃也无悔，终又触及乌黑的大墨水台，再次告知，对她心怀恋慕，真好！

亲爱的苏茜，我强忍着性子，不胡思乱想，或怀疑离去的人儿。我望见驿车进站；听到父亲和奥斯丁走来，以为他们很快送来你的信，我佯装满不在乎，轻哼小曲；否则，我会在帽子里找寻，发现空空如也——周六临至，明日一片寂寥，亲爱的苏茜杳无音信！

亲爱的，为何不给我写信？我那匆匆草就的信里，说过什么，让你悲怀？让你难以提起往常的笔，关爱你的糟糕的、悲伤的艾米莉莉？

苏茜，请原谅，今晚睡觉前，不亲吻我的脸颊、说你爱我，我就不合眼睛。

哦，你走后，一切那么安静，只有两只钟，不停地嘀嗒、嘀嗒——"那肉眼不见的神秘小钟"疾走，壁炉架上，有钟高耸，庄严地敲击，那么悠缓——苏茜，你记得那只钟。最诡异的是，只要你来，它早晨敲十二下，下午敲六下。我正在教它略知生命的准则。你已然远去，这可怜的东西也仿佛乖顺，缓行徐步；你一旦返回，苏茜，它故态复萌，没规没矩地，奋力飞奔，弥补此刻的休憩时光。

亲爱的苏茜，你在巴尔的摩时，孑然一身更是难熬，日子慢悠悠的——那时，比你在校时，更加迟缓——或许是我变得焦躁，无法忍受钟爱的人离去。不知缘何——我只知道，当你返回，大地似乎更加绚丽、辽阔，窗外蓝天，缀满黄金——即便不是夜晚，也不是星星出现的时分。

很喜欢和奥斯丁、维妮谈及你，聊起你在他们每人心中的模样，让心中充满温暖与光亮——仿佛是一片天空，一个隽妙的夏日正午。今晨，奥斯丁走了——我为他做的最后一件小事是，他们进早餐时，我誊写四个寄给你的信封——

苏茜，想到骗过百眼巨人阿耳弋斯，我不由莞尔——想到更圣洁的天庭之物下凡，我又展露笑颜。

亲爱的苏茜，我从未忘记你片刻。事情完毕，我端上茶，溜过小过道，伫立前门，眺望西天，念想这些全都归我——是的，苏茜——金灿灿的西天，伟大而静默的永恒，永远在那重叠，渐渐地，它敞开永远的臂弯，将我们大家——拥抱；晚安，亲爱的苏茜——所有人都问候你——

艾米莉莉——

苏茜——可愿问候巴特利特夫人，告诉她两个星期是下一个周三，我想她想知道。

1853年3月5日

苏珊与奥斯丁的感情愈渐深厚，苏珊给他写了很多信。艾米莉经常给苏珊写信。3月5日，奥斯丁抵达剑桥，入学哈佛大学法学院。艾米莉给他寄去四封信，让他寄给苏珊。"神秘小钟"可能语出《生命之钟》，该文译自德语，1840年末载《汉普郡公报》与《北安普顿信使》："有一只神秘小钟/没有人见过/从早到晚/不停地滴答。"

15

写！朋友——写！

在这神奇大海
默默航行，
哦！领航员！哦！
可知何处是岸堤
再无惊涛骇浪——
风停雨歇？

西方清宁
千帆憩息——
船缆紧系——
我驶向你——

哦！陆地！永恒！

终于靠岸！

艾米莉莉——

1853 年 3 月

这是艾米莉寄给苏珊的第一首诗。

16

亲爱的苏茜——

我为自己的无处不在感到惬意，又不知从何说起，如何讲述这精彩的书信历险记。最初，我从阿默斯特抵达，化身剑桥知识殿堂里笨重的大部头书，又借助不可思议的变形，顷刻，成为密歇根人，变成玛蒂、明妮和丽茜——哎呀，亲爱的苏茜，不许骇然失色，若我从印度赫然呈现，或从亚平宁山脉降临，或从树洞里猛然瞪你，自称查理国王、桑丘·潘沙，或希律王、犹太王——我觉得这全都是一回事。[1]

"米尔斯小姐"，即朱莉娅小姐，无法想象我

---

[1]　狄金森指不同的信封地址，她从阿默斯特寄出；奥斯丁的信，她写的地址；请苏的姐姐以及两位嫂子转寄的信。

的隐蔽之深；若我定格自己的形象，这就是最后的我，你再也收不到你可怜的杰里米·边沁的来信——[1]

我对我的心"嘘"了一声，以《摇篮曲》安抚良心，不喧不嚣！

关于蒙蔽曼彻斯特的眼睛，承蒙记录天使的好意，此不赘言。有件事是肯定的，艾米莉的无所不在，世界不会增添一点智慧；而听闻我的讯息，两颗硕大的心怦怦直跳。我乐于服侍属于我的人，为之扫平"坎坷"路途。苏茜，念及你和奥斯丁——知道你乐于接受我的微小效劳，我则设下陷阱、捕捉小鼠，细细把玩。亲爱的苏茜，你不在——别人不懂，失去了你，我才这般嬉闹，失去了你，我忽忽如狂——你离去，我不复昔日的平静——

生活仿佛变了模样，亲友的面容也变了，异于你我厮守时的神情。亲爱的苏茜，我想，情况是这

1　《大卫·科波菲尔》中，朱莉娅·米尔斯离群索居，却关心别人的情事。

样：你为我描绘许多画面，最温馨的色彩斑斓，不似这习常的暗淡现实。你一旦离开，世界凛凛逼视，我痛需更多面纱——弗兰克·皮尔斯满以为我指紫草面纱，慨然应允进口此"物"；亲爱的苏茜，你懂我的。苏茜，你离去后，可曾遥望家乡，掂量我和维妮的寂寞时光？

真的，苏茜，真的很寂寞；不过，得知你快乐，油然生出幸福；思念你，在清晨，在夜晚，在正午，总是笑生双靥，欢喜期盼——亲爱的姐姐，我不会让你给我其余，但确信你的生命阳光明媚，让我驱散紧紧跟随的阴影——我知道你开心，领悟了我和你说过的话。

有时，从此地的生活，苏茜——上帝护佑，从偶然的此地天堂，隐隐瞥见上帝更明亮的天国！

留下，苏茜；却不要留下！我不能没有你甜美的面容，一小时也不行！我却想让你采撷更多的欢悦——这里，放眼田野，一派幽凄、贫瘠、与荒芜；我期盼你谷仓满满。然后，你再归来，亲爱的苏茜，我和维妮在沉寂的家里，迎接你。千言万语，却不愿尘世纷扰的粗粝侵袭你那温馨天地；纷扰更宜<u>这里</u>——苏茜，给你捎来最炽热的姐妹情——最温柔的爱；爱意虽小，只"一种"，我知道你不会拒绝。请代我向你的朋友问好，尽快致函你寂寞的——艾米莉——

1853年3月12日

艾米莉称奥斯丁为哲学家和法学家杰里米·边沁。朱莉娅·米尔斯是《大卫·科波菲尔》中多拉·斯彭洛的密友。3月23日，苏珊和奥斯丁订婚。

17

亲爱的苏茜，我等不及了，我的心飞来了，日落后一直在那，早知你已返回——我应当径直前往，可母亲一直很忙，这是周六，奥斯丁承诺过从帕尔默返回，即载她去科布夫人家——她想拜访两三位邻居。我很想找你，却觉不宜——就等明天，亲爱的——周一详述所有事情——明晚相聚，先说梗概。很多话要说——于我，颇不寻常——发生很多很多事——亲爱的，问候你——今晚，我怎可安睡？永远的艾米莉——

再次拥有你，我的姐姐，那么珍贵！
有人更加爱你——否则，今晚，我就在那里——

母亲问候你——今早，她说，苏茜过得怎样——

约1853年10月

在接下来的八个月里，艾米莉写给苏珊的信件现存很少。这段时间，艾米莉经常给身在剑桥的奥斯丁写信，告知家里的消息，详述与苏珊相处的时光。她的语气总体上是欢快的。她和狄金森家族都欢迎苏珊成为奥斯丁的未婚妻，成为一家人。艾米莉和苏珊几乎每天都会见面。

18

～～～～～～～～～～～～～～～～～～～～～～～～～

　　苏茜，我刚散会，无限惶恐，我的"生命"沦为"难民"。我行走——奔跑——角落急转——少顷，隐没不见——随即，扶摇直上，恰如凤凰，如临大敌——复又严阵以待，我的羽毛泥泞、萎靡，如刚爬出篱笆，妄想重返长天，却又枉然。亲爱的苏茜，我抵达阶前，想到自己，自己一路的形体，哑然失笑——这肯定让欧儿里得大惑不解，这番疑虑，肃穆了白昼。

　　原本空旷的甬道阔大而宽敞，我颤抖地移步——找见我平日的席次！

　　我很想躲在你的羽毛下，却无济于事——苏茜，羽毛和鸟儿都已飞走，我跌坐、叹息，纳闷儿自己这般惊惶，何也？滔滔斯世，我的确无物可惧——幻影却挥之不去，即便横下一条心，如土耳其人勇敢、北极熊强蛮，却也徒然。起初的祈祷完毕，我冒险环顾；卡特先生猛地盯我——斯威策先生也有此意。然而，我抬头望天，凝视几近半小时，什么也未发现。仪式期间，我沉静下来，惬意地离开教堂。两三人围我咆哮，俟机吞噬。我筋疲力尽，毫无反抗地被罗威娜·狄金森女士轻易捕获。

她冲我妙语连珠，一直唠叨到我家门口。苏茜，一进门，无须对你说，我怎样紧抓门闩，欢快地旋转钥匙，复归家园，简直是舞之蹈之！我好想你啊——还有我亲爱的维妮——期盼歌利亚，或力士参孙——拆下整座教堂，让德怀特先生继任金斯伯里女士，直到尘埃落定！

早晨，阿默斯特学院从前的修辞学教授的亚伦·沃纳教授布道。苏茜，你我皆崇拜沃纳先生，当他宣讲，那真是我的福气，此不多言。我只想说，今晚若无霍拉斯·沃波尔的演讲，我会大失所望。[1]

1　英国作家霍拉斯·沃波尔（1717—1797 年），著有哥特式小说《奥特兰托城堡》。

亲爱的苏茜，你获悉了不在家时的状况。你若多逗留一个周日，我毫不怀疑"作战部长"将控制安息日学校——我无意逼你恐慌！

那歌声让我想起"杰克和吉尔"的传说，吉尔代表低音的小提琴，栽了跟头，杰克，也就是唱诗班，疯也似的飞奔，"毫不理睬"他。

亲爱的姐姐，这些过去了，你我即可叙说珍贵的东西、都是小东西——我们的小东西，苏茜——奥斯丁就是——他是一件小东西——他这样一件小东西，周一返家，让我的心脏〔墨渍遮盖了"跳动"一词〕更快——维妮也是一件小东西——哦，我多么热爱这些小东西。苏茜，那颗黑点下，准确地说，墨渍下，是"跳动"一词——我的钢笔掉帽——造成这后果。可是，人生太短，顾不上重抄或辩解——我笃信，丹尼尔·韦伯斯特泼了不少墨渍。好像你说过，你也弄过一次，情形更糟！但是奥斯丁和维妮——他们二人明午和我一起，我好高兴啊——

苏茜，一个回来，比未离去的"九十九个"更为珍贵。

我觉得再次拥有你，仿佛渺茫，难以置信，因为那太珍贵了。苏茜，你可想过，这儿不再有坟墓？于我，这里有三座。最长一座是奥斯丁的——我要在那儿栽种许多勇敢的树，因为奥斯丁勇敢；苏茜，为你和维妮，我各栽一株玫瑰，引来鸟雀无数。

姐姐，我没问你是否安全抵达曼彻斯特，是否一切快乐安好，却相信如此——否则，你早就告知。苏茜，岁月实在漫长；可是，若非乐意，情况相宜，你且不归。

向你的朋友奉上尊重与情谊，只把情谊留给你自己——

你自己的艾米莉——

1854年1月15日

苏珊在新罕布什尔州的曼彻斯特拜访她姐姐的姻亲——塞缪尔·巴特利特夫妇，奥斯丁几乎马上就要回家逗留六周。亚伦·华纳教授从阿默斯特学院辞职，因为校董们没有给他机会反驳对其工作的批评。

19

~~~~~~

苏珊——孤独寂寞，不值一提——人人都可絮聒。苦熬孤独数周，睡着、醒来，总是若有所失，这，无以言状，困扰着我。

若有画布，我可描绘一幅肖像催人泪下。场景当是——孤寂，形象——孤寂——光与影，无不孤寂。

我想以孤清的风景充盈房间，人们驻足、啜泣；满怀感激地奔赴欢乐家园，拥抱留守的爱人。今日，天气晴朗，寂寥、湛蓝。今夜，红通通的孩子嬉戏西天，明日将更冷。

在这一切里，我念叨你。我想一天的时时刻刻都念着你，你的所言——所行——我想与你散步，游目骋怀，却不被看见。你说，你独自散步，独自做针线。我独自散步，独自做针线。我不常瞅见维妮——多数时间，她都在打扫楼梯！

我们极少出游——一两个月一次，我俩乘坐丝帆船启航——探访主要地点，旋即返港——维妮时常航行，掌管商贸，泊船则是本人力所能及。于我，德怀特先生及其太太是黑夜掩不住的阳光，遂执意每周进见，这让奥斯丁愤愤不已，妹妹怒气冲天。

据说"迫害刺激"——料必是迫害刺激了我！亲爱的苏，他们善良可亲，满怀爱心，总是探问你。周日下午，我离开你后，苏，也就是，抛弃笔墨书写——我的心跳依然。有人唤我下楼，我别你而去，招呼访客，心中怅怅——我害怕、也相信我的惆怅昭然若揭。一场高大——苍白的暴风雪逼迫田野，躬身窗前——不让这厮进门！

我一袭精致衣裙，脚蹬靴子，终日消磨于教堂。我们谛听德怀特先生的精彩布道。一场关于不信，一场关于以扫。有关不信的布道确让我饶有兴趣。上周，各地欢庆感恩节！请相信我们备了火鸡、两种派。除此以外，别无不同。父亲感恩节之夜离去，若无风雪扣留，奥斯丁明天也将出行。他会见到你，亲爱的！我却不能前往。哦，好想我能！我们未参加感恩节"聚会"——父亲刚走，让我们沮丧——

你妹将告知详情。

艾比身体大有好转——下雪前每天骑马，也随姑娘们嬉戏街头——艾比仿佛比往昔更柔和、诚挚。

埃米琳·凯洛格纳闷儿没收到你的信。我把你的信捎给了她，也捎来她的信。埃米琳仍和亨利一起，尚无婚约。爱德华·希契科克、玛丽与他们的宝宝，在这儿过感恩节。我拜访了玛丽——她蔼然可亲，宝宝很适合她。他们都很喜爱宝宝。玛丽热情问候你，叮嘱我写信时，代为问好。

苏——若那是你——好了——好了！我必须打住，姐姐。已有很多饶舌传言，苏茜，传言仍在继续。"宝贝，彼此相爱。"活着不是生命的全部，是吗，死去，也不是死亡的全部。

【第一页边缘】苏——我们都爱你——母亲——维妮——我。情真意切！●【第一页背面】我数月皆无玛蒂的消息。"他们说，缺席征服。"缺席征服了我。●【第二页边缘】你的姐姐，哈丽雅特，是我们最亲密的友伴。●【第三页边缘】母亲和维妮问好，奥斯丁也捎上问候。●【第四页边缘】期末的最后一夜，约翰遥寄对你的爱。

1854年11月27日至12月31日

感恩节晚上，爱德华·狄金森返回华盛顿参加第三十三届国会第二次会议。12月4日，奥斯丁前往芝加哥和密歇根州的格兰德港，拜访未来妻子的兄长。1855年初，他返回阿默斯特。1855年，苏珊在密歇根待到2月底。约翰，即艾米莉的表弟约翰·格雷夫斯，系阿默斯特学院学生。这封信的最后一行语出詹姆斯·蒙哥马利的赞美诗《哦，哪里可以找到安息》的最后两行："活着不是生命的全部，死去也不是死亡的全部。"

20

亲爱的苏茜，我今天病了，没去教堂。静谧怡人，思念着你，我的病不重，不至无力给你写信。苏茜，我热切地爱你，就如前门的台阶上、常青树下，爱意萌发之时；你芳踪已杳，我亦不胜伤悲。很多天前，给你写过信——我不说很多周，那貌似尤为凄凉，此后，不愿再写——苏茜，这又让我苦恼。

我思念你，为你悲伤，常在夜里，独行街头——我睡去，泪水纷落，想念你明媚的脸，西边寂寂，讯息断无。若情缘已尽，敬请明言，我则揭开我那幻影之盒，复又贮存一份深情；它却犹自鲜活，犹自律动，为了我，依然鲜活，依然律动，且如是表白。在我逝去前，我将抚弄琴弦，再奏欢歌。哎呀！苏茜——就想想——你是我钟爱的姐姐，至死不变，地久天长，即便奥斯丁、维妮、玛蒂、你和我都化成大理石——我们湮没无闻!

维妮与我行将动身——不是这周,就是下周——父亲尚未决定。想到你来,我肯定不愿走,我愿捐弃整个世界,但求为你驻留。[1]

我不信你将临至——念及,告诉自己千真万确,则喜不自胜,旧时岁月雀跃梦里。苏茜——我且援引从未谋面的凯特·司各特——此谓"无尽福乐"。你返回,我决不"忙碌"如昔。为了苏茜,我将"了结纺织",不知不觉、不歇不停、手指频飞,一枚更奇妙的梭子挑动更精细的线。的确,那张网织就,我即大功告成。我思忖,与你,亲爱的苏茜,还有玛蒂再度相守,喜极而默。我不焦躁,也不埋怨——不顾风吹,不顾雨狂——你是"如此珍贵"。

奥斯丁从西部返回后,与我说过你——许多我渴求的细节,他却"没注意"。我问你的模样、穿戴、发式、对我的评价——他的答复相当有

<hr>

1　两姐妹准备去华盛顿。苏珊和玛莎拟 2 月初从密歇根返回阿默斯特。

［第一页背面］母亲和维妮奉上很多爱意——她们更高兴见到你。我最亲切的爱献给玛蒂。　［第一页边缘］我问奥斯丁是否捎话——他回

［第二页边缘］无话！百无一用的家伙！我估计。　［第三页边缘］他会傻乎乎地写满向你的表白。　［第四页边缘］只等我离开房

复！　蝙蝠以为狐狸没长眼睛——哈哈！　间！

限——"你貌似往常，他不知你穿什么——从不知别人的装束——你叮嘱他务必悉数转告。"亲爱的，迄今，他未透露零星半点。倘有所悉，我将玩之味之。维妮快言快语，问"你可穿胸衣"——他说"你确穿件黑黑的东西"。

哦，苏茜——你要训练他——一通全面的时尚课程，他方懂得尊重，以恰当的尊重谈及这高贵华裳。苏茜，我有一些新衣——我穿上俨如一只局促不安的孔雀，颇不习惯它的羽毛。亲爱的苏茜——我离家后，你要给我写信——

诚挚的，艾米莉——

1855年1月下旬

艾米莉1855年初的信件清楚地表明她对苏珊的挚爱。艾米莉的沮丧是显而易见的，因为奥斯丁拥有"圣殿的特权"，想见苏珊即可相见，但他似乎身在福中不知福。"前门的台阶"作为"爱意萌发"之处，指的是南普莱森特街的房子，1840年至1855年，狄金森一家住在那里。这座房子被称为"公馆"，现已不复存在。

21

芬芳、柔和，宛如夏天，心爱的，枫叶猎猎而发，阳光下绿草如茵——几乎无从察觉这仍是冬季；想到你来临，纤草欢跃心间，每只红雀啼唱。

亲爱的——玛蒂、苏——你们的容颜、柔和的声音，我愿以一切换取。浮华——尊贵——礼节，属于尘世——不可荣登天国。

你会给我写信吗——从前为何不写？我疲于寻你，你仍不至。你若爱我，快点来信——你知道，浊骨凡胎<u>不可长存</u>。你愿哪个我写信给你：在此行事的我，抑或<u>彼岸</u>爱着的我？

也许两个我都会告诉你，但"在后的将在前，在前的将在后"。[1] 我在家里爱着你——每个小时去一趟你的房门前。醒着时，我想象，你在身边，该多美；与你说话入眠，更美。

想起你时，我迫不及待，<u>总是</u>如此，亲爱的。这牺牲，只让我爱你更切。

昨晚收到奥斯丁来信——他幻想，我们在忘却家中之物——告诉他"不是"，亲爱的——奥斯丁错了。他说，我们淡忘"马、猫和天竺葵"——不问候帕特——他筹划卖掉农场，携母亲迁居西部——将我的花草制成花束，全送给他的朋友——扬言一袭睡袍，前往华盛顿羞辱维妮和我。

若可相见，即便他着装"随意"，我们仍是欢喜；我保证，无论何时，我都可<u>辨识</u>他。我承认，<u>猫儿性喜居家</u>，并非让我思之不舍，却也怀揣惦念；至于含香凝芬的花儿，即便离家已远，我也知道每枚新生的叶片、每朵吐艳的蓓蕾。告诉奥斯

---

[1] 《马太福音》20.16："这样，那在后的将要在前，在前的将要在后了。"

丁，别害怕！涉及家中<u>点滴</u>，我的思维异常活跃。这儿的一切——堆挤拥搡，乱成一团，有心相告，却无暇细述。一晚，维妮在客厅邂逅一位萨克森先生，他向维妮打听他在阿默斯特的表亲，维妮欢喜地通报你们的近况。另一晚，她将我领至萨克森先生面前。

我们在走廊晃悠很久，也聊到你俩，亲爱的。我们竞相称赞彼此深爱的人。我跟他提起你俩，听到很多你们的情况，他很开心。昨早，他离开华盛顿。我来这儿后，身体欠安，这减去不少乐子，也让我比从前更欢乐。维妮早上还在睡——她与当地的女士外出游逛，很累。她常说到你——很想见你。请代我向你妹妹问候——替我亲吻德怀特——见到阿比和艾米，代为问候，也致意德怀特夫妇——

华盛顿，1855年2月28日

苏珊从密歇根回到阿默斯特时收到这封信。2月中旬至3月初，艾米莉和拉维妮娅在华盛顿逗留三周。她们从华盛顿出发，前去费城看望其表亲科尔曼夫妇。伊莉莎·科尔曼，比艾米

【第一页边缘】告诉母亲和奥斯丁，别庆幸我们将他们遗忘，很快就发现这大错特错。我们可能下周去费城，父亲尚未最终决定。伊莉莎每 ● 【第二页边缘】似乎对我们没什么耐心。不知要在这儿 ● 【第三页边缘】逗留多长时间，也不知在纽约晃悠多久。父亲尚未 天多在写东西。

莉小两岁，她们从十几岁开始就是闺中密友。艾米莉亲吻的"小德怀特"是苏珊的姐姐哈丽雅特·卡特勒最小的孩子。苏珊和玛莎与哈丽雅特住在一起。

到1855年，苏珊和奥斯丁已经订婚一年多。再过16个月，他们才喜结连理，并安顿在常青居。在接下来的30年里，苏珊住在艾米莉隔壁。

决定。● ［第四页边缘］收阅此信，你会回复吧？

你最挚爱的，
艾米莉

第二部分

我们的船队
（mid-1850s to mid-1860s）

19世纪50年代中期到19世纪60年代中期，艾米莉与苏珊的来往信件表明两者情感与精神上的交流，以及耳鬓厮磨对她的创见和感受力至关重要。事实上，艾米莉称苏珊为"想象"。

　　这一时期，两人生活发生了结构性的巨大变化。狄金森一家从阿默斯特南普莱森特街的"公馆"搬回主街上翻新过的"家宅"。

　　苏珊与奥斯丁订婚三年，婚礼却被苏珊多次推迟，最终于1856年7月1日在苏珊姨妈索菲亚·阿姆斯·范·弗兰肯位于纽约日内瓦的家中举行。奥斯丁是狄金森家族唯一出席婚礼的人。婚礼期间两人没有任何信件往来，甚至并无贺信存留，鉴于艾米莉之前的殷勤，这似乎出人意料。当然，这一时期可能有信件或信诗写好、寄出，或是销毁丢失。在苏珊一众兄长的资助下，爱德华·狄金森在家宅隔壁建造常青居，苏珊和奥斯丁在此安顿。

19世纪50年代末，艾米莉开始制作她的手稿书或者诗册。这种做法在19世纪很普遍，人们常为自己喜爱的诗歌、散文或故事制作专门的文集。事实上，几年前，苏珊曾编过一本诗册，其中包括詹姆斯·拉塞尔·洛厄尔、朱莉娅·A.弗莱彻和埃德加·艾伦·坡等作家的作品。艾米莉的诗册有所不同，其中作品全是她自己所作。在她1886年去世时，共留存四十本不同诗册。

艾米莉开始将诗作制成诗册期间，她有三封信致给一名或多名虚构或真实的收件人，现被称为写给"主人"的信。艾米莉还在她的手稿书中放置了三首写给"多莉"（苏珊的昵称）的情诗。这些"多莉诗"情意绵绵，不知艾米莉是否将之交给了苏珊，或者苏珊阅后将之销毁，因为"过于私密、极尽恭维，切不可出版"。艾米莉给苏珊寄了两封写给"多莉"的信诗，下文收录。这些文字体现艾米莉对苏珊的持续恋慕，在苏珊与奥斯丁订婚之后一直维持的热情，待苏珊嫁为人妻，不可避免情随境迁。

搬入常青居后，苏珊醉心社交。在接下来的二十年里，她招待了许多文学与政治名流，包括散文家和哲学家拉尔夫·瓦尔多·爱默生、小说家哈里特·比彻·斯托、景观设计师弗雷德里克·奥姆斯特德以及废奴主义者和妇女参政论主义者文德尔·菲利普斯。艾米莉参加过不少常青居的聚会，但她更多时候独处，潜心写作，沉思默想。

从19世纪50年代末开始，艾米莉与苏珊分享其诗作，定期发送诗稿，邀请品评。这种关系很可能是相互的，苏珊也会把自己的诗歌寄给艾米莉，供其点评。以下对艾米莉的诗歌《雪花石膏的屋舍安全》的各种版本的交流体现出这一过程。

这一时期，苏珊选择艾米莉的诗作，寄给不同报纸、杂志出版。《斯普林菲尔德共和日报》载其诗作《你翅膀的阴影》（刊在《雪花石膏的屋舍安全》下方），她兴奋地写下"我们的船队"。在接下来的几年里，艾米莉在《击鼓》《圆桌》《布鲁克林每日联合报》《斯普林菲尔德共和日报》和《波士顿邮报》发表诗歌八首。1862年4月，《大西洋月刊》编辑托马斯·温特沃斯·希金森刊文《致年轻撰稿人的信》。艾米莉向他寄去第一封信并附诗四首。

1864年和1865年，艾米莉在波士顿地区逗留数月。在这七八个月里，她治疗眼睛，并与表妹路易丝（路）和范妮·诺克罗斯住在剑桥港的公寓。

至19世纪60年代中期，艾米莉写了一千多首诗。苏珊的儿子内德（1861年）和女儿玛莎（1866年）出生。艾米莉与苏珊的通信仍然涉及各种主题，从家宅和常青居的家庭琐事到言微旨远的精神交流、文学以及苏珊第一个孩子的出生。有些信件轻松俏皮，有些则表明两者的巨大分歧。艾米莉给苏珊的信件从传统的信件扩展至后来苏珊编纂艾米莉诗作时所言的"信诗"。"信诗"是信，看似、听似是诗，这是写给苏珊的诗，但读来像信或留言。这段时间里，艾米莉似乎愈加注意信里的书法设计和每页的排版。为了展示这种渐变，本书的以下三个部分的信笺尽可能地还原艾米莉书信文字的排版特点。

狄金森对苏珊爱意的表达历经数载逐渐成熟，并未淡去，从早期的激情洋溢到中期的直接、幽默、沉思的语气，这一转变反映出艾米莉对挚友的热情与尊重。

22

苏——你是去是留——只一种选择——近来，我们常有分歧，这定是最后一次。

你无须害怕离我而去，抛下孤独的我，因为我常与我幻想自己钟爱的事物分离，——有时，作别坟墓，有时，是比死更痛的遗忘——然而，我的心频频泣血，不介意大出血，只是给往昔的几痕伤口添一分痛而已，一天终了，看——泡沫破灭！

儿时，类似事情令我悲苦，当在我身旁的小脚变硬，在棺材里僵直，我想哭泣，有时却眼睛干涩，心儿脆脆，成为煤渣，情愿烧尽。

苏——我就凭这活着。

它象征我也曾梦想的天国的残余，将之劫走，我则孤苦伶仃，即便在那最后的日子，你爱的耶稣基督说不认识我——有一位忧郁的神，不愿抛弃它的孩子。

　　给予我的很少，若爱之过切，因这偶像崇拜，他们从我身边劫走——我只一声低语，"不见了"，巨浪消失在一片蔚蓝无际，只有我知晓：今朝，一人沉没。我们一起快乐走过——也许，这是分岔路口——苏，放歌走吧，遥远的山岗，我攀爬不息。

　　春天，有一只鸟
　　为我啼啭——
　　春天诱骗。
　　当夏日临近——
　　玫瑰绽开，
　　知更鸟不见。

　　我并不哀怨
　　知道我的鸟雀
　　飞去——

在大海那边
为我学唱新曲
归来。

安然攥在手心
忠诚的陆地留驻
它们归我——
即便它们此时离去，
我叮嘱疑虑的心
它们归你。

一片祥和明媚，
金灿灿的光亮
我看见
每一小小疑惧，
每一小小龃龉
移除。

我不哀叹，
知道我的鸟雀
飞去
在遥远枝头

为我学唱欢曲

归来。

艾——

19世纪50年代中期

"你爱的耶稣基督说不认识我",此语表明信中的分歧有关精神层面。尽管艾米莉很快完全摆脱体制化的宗教仪式,苏珊却挣扎于正统观念。苏珊遵从某些宗教成俗,曾向兄长保证,她只有万不得已才在安息日写信。对艾米莉来说,安息日"在家中度过",高教会派的堂皇仪式很陌生,就像"天空之于鱼儿"。1898年9月,苏珊考虑皈依天主教。

23

幽蓝如削——
一片青灰——
某种殷红随意
点缀，
构成一方夜空——

一抹淡紫——飘忽
其中——
红宝石的船只
匆匆行驶——
灿灿浪涛——
光亮岸堤——
这就创造了
黎明的天际——

19世纪50年代

"苏"这一称呼后被擦掉，类似的诗有两三首。

本诗手稿▶

A slash of Blue —
A sweep of Gray —
Some scarlet patches
on the way,
Compose an evening sky —
A little purple — slipped
between —
Some Ruby trousers
hurried on —
A Wave of Gold —
A Bank of Day —
this just makes out —
the morning sky!

24

亲爱的苏茜——我寄
给你一点空气——
"地球的音乐"。
它们代表着上天
当穿过苍穹。

19世纪50年代中期

这首信诗的灵感可能源自艾米莉和苏珊通信
中玩的复杂的诗歌游戏。在这封比较随意的
"草稿"状态的信上,艾米莉勾画出上升的音
乐符号和云朵,也许是调侃麦尔维尔在《白
鲸》中提到的运用"毕达哥拉斯式格言"以
"避免吃豆子导致胀气"。她也可能以毕达哥
拉斯的思想逗弄数学教师苏珊,或者调侃自
己让人浮想联翩的写作风格。

25

这是百鸟归来的日子——
零零落落——一两只——
回眸作别。

这是天空重现的时光
往昔——六月的诡辩——
湛蓝与金黄的谬误。

哦，骗不了蜜蜂的圈套——
几乎你的巧似
让我信以为真。

直到叠叠种子现身——
疾行异样的空气
催一枚细叶。

哦，夏日的圣典
哦，雾霭中的最后圣餐——
许可一个孩子领受。

领略你圣洁的象征——
品味你献祭的面包
以及你永生的美酒！

19世纪50年代

艾米莉的诗回应苏珊的诗《春天有三个月》，
暗示其写作的呼应关系。

苏珊的《春天有三个月》如下：

在冬鸟展翅之前

冬至来临——

唤醒——月亮

群山之上！

二月的某个苍白时刻

一种微妙变化延伸——

天空以更柔和的力量俯视

新的魔力弯曲

醒来

灰灰软软的篱笆

[咀嚼？][腐烂？]了心灵

坚定的彩虹承诺

冬天必须离去

醒来

傍晚西天的绚丽

融在热烈色泽里

南风温柔地寻觅

哦，春天无法拒绝

醒来

26

诗人颂扬的秋天之外

些许平常日子

雪未飘坠

雾已漫溢。

些许料峭清晨——

些许寡淡黄昏——

不见——布莱恩特先生的"金杖"——

以及汤姆逊先生的"禾捆"。

寂静是溪水流淌——

芬芳的花瓣闭合——

催眠的手指轻触

精灵的眼睛——

也许一只松鼠滞留——

伴我哀愁——

主啊,赐予我

一颗阳光的心——

承受你寒风的意志!

艾米莉莉——

19世纪50年代

信诗有多种形式,包括签名诗。在这首信诗中,艾米莉提到住在附近卡明顿的威廉·卡伦·布莱恩特以及苏格兰诗人詹姆斯·汤姆逊的诗作。背面的称呼"苏"被擦掉。

27

小小天使——迷了路——

天鹅绒般的瑞士来客——

某个夏日遗落的

佳丽——

蜜蜂的密友——

巴黎压不平的褶

一带绿宝石镶嵌！

威尼斯没有的脸颊

明亮而柔婉。

从未这般埋伏

荆棘与树叶搭起

为我的绸缎女孩。

我愿如她清雅

不愿一副伯爵

尊容——

我愿如她栖息
不愿做"埃克塞特公爵"——

艾米莉——

［下一页］于我足够高贵

顺服一只黄蜂。

19世纪50年代

以前的编辑没有注意到，这首诗是写给苏
珊的。

28

苏茜——

你会原谅我的，因为我从不出门拜访。你知道，我来自田野，和蒲公英在一起很自在，但在客厅里却不免难堪——如果你持一束雏菊约我外出，我应该感谢你，并接受——但带着玫瑰——"百合"——"所罗门"本人——就会感到很尴尬！不要介意，苏茜——如果我未身临，我心已至——说得最多，笑得最久——待到其他人都离开——也许我会亲吻你的脸颊，而那些老实人很快就会忘记你，坠入梦乡。

感谢你常来看我，感谢你的鲜花——感谢你的欢笑，虽然我今天早上没有看到你，但我听到了你的笑声。

我会一直保存它们，直到见到我的另一个苏

茜，你每天来时都会再给她带来甜美的面孔。

挚爱的，

艾米莉——

19世纪50年代末

为了描述她的社会地位，艾米莉调侃性地设立花的等级——雏菊在底层，玫瑰和百合在顶层。在这封信中，她用玫瑰和百合代表苏珊和她自己。她把自己视为富足的所罗门王，她描述自己想要的社交——"说得最多，笑得最久"——几十年后，她的侄女也这么说。她的侄女宣称，在欣赏的听众面前，她的"艾米莉姑姑（会）说得更多、更有趣"。

29

亲爱的，我没有文件，信仰犹自坚固——估摸若是谈及"报酬"，定一无所获。今天，"亲爱的牧师"如是告知。微不足道真是一项特权！想到微粒尘埃无须"赎罪"！我想你是周五走的。有些光阴漫长，有些则短促。省去区分周五——周六——周日！秋已至，夜渐长——那也是旧事！紫菀很好。"其他花儿怎样？""很好，多谢。"

维妮和我都很好。卡罗——舒坦——又活力四射，惊骇人与兽——屡遭拍打——常从走廊扔出，若拉维妮娅小姐的"苍蝇"有劳她在某处有所行动。

我一直觉得，她有"行动专利"！

大清早，我奔赴教堂。沃纳教授布道。题为——"小滴露珠"。

埃斯蒂下午演说。凯瑟琳·斯威策姑姑的华服，足以惊艳示巴女王。卢克丽霞·布拉德姑姑没去——估计在家"反省"。仪式完毕，他们在父亲陪同下，拜谒墓地。此情此景，荡人心怀！奥斯丁与我们共进晚餐。他"貌似很好"。哦——杜宾——杜宾——你岂知你甜美的面庞消失，留下空落。

亲爱的，若太阳不坠，我们不会在意——你的分量无价——玛蒂的分量无价——我不会为一枚银币将你们出卖。你们离去，我以殷红的血滴赎回。我将你们贮存宝匣——掩埋花园——叮嘱鸟雀看守——也许，不及我的枕头安全——最后匿于心怀——那最为切近，若登音传来，最快察觉——想起那小小棕羽，我的眼睛发涩。凭空想象的画面里，鲜有来客。

你看，他们前去拜访自己，自己却不接待。"力量与荣誉"今天在此，还有"征服与荣耀"。

我永远不会说出去！

你可察觉，当"封条"开启；玛蒂望见他们"面伏于地"——但是，那时，我将点亮我新居的灯——则不前来。

愿上帝赐福与你！赐福约翰先生与玛蒂夫人——赐福另外两三位！

我好想在你那儿——我来好吗？若我一跃而至，你接住我！且不作飞跃的奇想！维妮酣睡——肯定在梦里写信。晚安，小姑娘们！

既然分成两种，我们还宜细语——既然有更洁白的床榻，我们夜夜聊聊，再去安卧！

请爱着艾米莉莉——

1858 年 9 月 26 日

9 月下旬，苏珊去纽约的日内瓦探望姐姐玛莎，约翰·威廉斯·史密斯之妻。"斯威策姑姑"和"布拉德姑姑"是爱德华·狄金森的妹妹，在镇上参加狄金森家族的聚会。艾米莉的狗卡罗可能是只纽芬兰犬，在1850年一首情人节戏谑诗中首次被提及，这只狗至少已有八岁。倒数第四段的典故源于《启示录》7.11："众天使站在宝座和众长老并四活物的周围，在宝座前，面伏于地，敬拜神。"萨克雷《名利场》中，杜宾上尉忠贞不移地恋慕爱米丽亚·赛特笠。

30

我有一个妹妹在我家里——
还有一个，在篱笆那边。
只一个登记，
但两个都属于我。

一个脚踏我来时的路——
身穿我旧时衣裳——
另一个，如鸟雀筑窝，
安放我们心头。

她不像我们一样吟唱——
那是迥异的旋律——
她自己就是音乐
如黄蜂在六月。

童年依稀远去——

爬山下坡

我仍紧攥她的手——

缩短漫漫长路——

她径自歌吟

岁月绵延，

迷醉了蝴蝶；

眼眸不改

紫罗兰悄绽

无数五月消散。

我洒了露珠——

却采撷晨曦——

我选择这颗星

从夜空无垠——

苏——地老天荒！

艾米莉莉——

19 世纪 50 年代

这首信诗是在奥斯丁和苏珊入住常青居后所写，第三页的折痕上方被撕开。撕开处不像是人为毁坏，否则意味着苏珊删除"过于私密、极尽恭维"的语言。这首诗的诗册版本涂满墨迹。很可能有人（可能是梅布尔·卢米斯·托德）觉得诗中的爱意表达过于露骨，试图涂掉。这种残缺与早期信件里的残缺相似，与写给"苏"的信件中《她的胸前适合佩戴珍珠》等诗的擦除痕迹相似。

31

亲爱的。

游子归家的步履

欢快如飞——

番红花，傲立

不再臣服于雪——

叨念赞美诗的唇

耐住经年累月的磨砺——

渐渐，这些船员

一路行歌，在岸堤——

珍珠是潜水者的硬币

强夺自大海——

羽翼——天使的马车——

也曾步行——如我辈——

夜晚是清晨的画布

盗窃——遗赠——

死亡，只是我们恋慕的

永生——

我的算术不能告诉我

那个村子有多远——

它的农民是天使——

它的镇子布满天空——

我的经典遮蔽他们的脸——

我的信仰崇拜黑暗——

从它庄严的教堂

复活倾泻而出——

满怀爱意的，

艾米莉莉——

19世纪50年代末

随着两家都已安定、蒸蒸日上，艾米莉给苏珊
寄了很多诗，有些是留言，有些是回应苏珊的
评价和议论。在此期间，艾米莉正在制作她的

手稿书或诗册，她开始与《斯普林菲尔德共和日报》的编辑塞缪尔·鲍尔斯建立长达一生的重要联系，后者也收到她的许多诗作。鲍尔斯和妻子玛丽也是苏珊和奥斯丁的朋友，可能相识于19世纪50年代中期鲍尔斯报道的阿默斯特学院的毕业典礼。《斯普林菲尔德共和日报》被认为是全国最具影响力的报纸之一。两家每天都会阅读该报，艾米莉时常在给苏珊的短笺中评论新闻。

32

林木常常粉红——

常常棕黄。

群山常常褪去衣裳

在我家乡的身后。

常常戴上冠冕

我常举目远望——

又常有一道缝隙

在它往昔的地方——

地球 [世界]——他们告诉我——

绕一根地轴转动!

奇妙的旋转!

只按照十二演出!

19世纪50年代末

比邻而居,两人经常面对面传递短笺和诗歌,折叠的纸张小到可以轻易塞进口袋。艾米莉经常给苏珊寄诗，也与其他人分享诗歌。然而，她不仅寄给苏珊诗的成品，还放心地把草稿也寄给她，比如这首。"世界"画掉，又在上面写上"地球"。

33

有一个词
执一柄剑
可刺穿一位持械者——
它抛掷带钩的音节
复又喑哑——
但它坠落之处
得救者会讲述
在爱国日颂扬
某个戴肩章的兄弟
献出了生命。

无论骄阳在哪里奔跑——
无论白日在哪里游荡——
就有它无声袭击——
就有它的胜利!

看哪，这敏捷的神枪手！

精准无比的一枪！

时间最庄严的目标

是一颗"被忘却的"灵魂！

艾米莉——

19世纪50年代末

34

穿过小径——穿过荆棘——
穿过空地——穿过树林——
强盗常擦身而过
在偏僻的大路上——

野狼好奇窥探——
猫头鹰茫然俯视——
蟒蛇锦缎的身躯
悄悄滑行——

暴风雨袭击我们的衣裳——
闪电的利剑闪动——
恣意在头顶的峭壁
饥饿的秃鹫尖叫——

林神挥手召唤——

山谷低声说"来吧"——

这些是所有的伙伴——

就是这条路

孩子们飞奔返家。

艾米莉——

19世纪50年代末

"饥饿的秃鹫"可能指凯特·安通，苏珊的一生挚友，艾米莉在几年后写的信中称其为"秃鹰凯特"。

35

我的轮子在黑暗中！
我看不见辐条——
却知道它湿漉漉的脚
来回转动。

我的脚踏潮水！
一条人迹罕至的路
然而，一切路途
归于"开阔"。

有的放弃机杼——
有的在繁忙坟墓里
找到古雅趣事。

有的迈着崭新——庄严步伐——

凛凛地穿过大门

把难题甩回，你我。

19 世纪 50 年代末

36

我从没说过埋藏的金子
山坡上——躺着——
我望见太阳，一番掠夺——
蹲下守卫他的珍宝——

他站得很近
就如你站在这里——
相隔一步之遥——
只要一条蛇横切灌木
我的生命立即丧失。

那是一笔神奇收获——
我希望诚实所得。
那是最纯粹的金锭
也曾吻过铁锹！

是否守密——

是否透露——

是否当我思忖

基德突然起航——

精明人若给我建议

我们不妨平分——

精明人若是背叛我——

阿特洛波斯决定——

19 世纪 50 年代末

"阿特洛波斯"指希腊神话中命运三女神

之一。

37

晨光柔和一些——
毛栗变褐了——
浆果的脸颊圆润——
玫瑰出了城。

枫树裹着绚丽头巾
田野披上红红长袍——
以免有些落伍
我也戴些小饰。

艾米莉莉——

19世纪50年代末

一条绑过花的发黄丝带系住这首信诗。纸张经过裁剪，丝带精妙修剪，未遮住诗里的文字。

本诗手稿▶

The morns are meeker than they were—
The nuts are getting brown—
The berry's cheek is plumper—
The Rose is out of town.

The Maple wears a gayer scarf—
The field a scarlet gown—
Lest I should be old fashioned
I'll put a trinket on!

Emilie.

38

"海军"日落!

这金灿、深红的来客——
莹白，也有浅灰——
银貂的紧身上衣——
斗篷艳丽无比——

他黄昏时抵达镇里——
停驻千家万户——
不负清晨的寻觅——
我祈求他——探望
云雀的纯净领地——
或，麦鸡的岸堤!

艾米莉莉——

19世纪50年代末

39

在约旦以东一点，
据福音书所载，
一位天使和一位摔跤手
角斗很久，场面激烈——

当晨曦触及高山——
雅各布愈加强劲，
天使恳求
先吃早饭——再战。

"不行！"狡黠的雅各布说
重新积攒力量，
"除非你赐福与我，陌生人！"
天使只好同意：

阳光挥动银白的羊毛

在"毗努伊勒"山里，

摔跤手遽然

发现他把上帝击败！

19世纪50年代末

尽管艾米莉和苏珊的宗教信仰不同，《圣经》中雅各布和天使的形象深深打动了两人。在其书信中，艾米莉经常挪用《圣经》中的人物和事件。正如苏珊的女儿玛莎·狄金森·比安奇所说，"她（艾米莉姑姑）的思想无惧天地"，"《新约外传》和《启示录》汇聚于她"。

40

"所种的是羞辱的"！

啊！的确！

这是不是"羞辱"？

如果我自己，一半的好，

我谁也不关注！

"所种的是必朽坏的"！

不太可能！

使徒讲的是歪理！

《哥林多前书》第十五章

提及一两种情况！

19 世纪 50 年代末

引文语出《新约》："死人复活也是这样。所种的是必朽坏的，复活的是不朽坏的；所种的

是羞辱的，复活的是荣耀的；所种的是软弱的，复活的是强壮的。"（《哥林多前书》15：42—43）

41

某一道彩虹——从庙会来！
某种克什米尔的美景——
我明见！
或是孔雀紫色的长尾
羽毛飘坠——平原之上——
慢慢消散！

梦幻的蝴蝶萌动！
慵懒的池塘复又呜咽
去年的断调！
太阳的某座古堡里
爵士般的蜜蜂——次第——
嗡嗡前行！

今天，知更鸟密密麻麻

就像往昔，雪花堆积——
篱笆——屋顶——细枝——
红门兰的羽毛蔓延
为她的旧爱——一袭阳光！
沼泽重游！

没有司令，数不胜数！寂静——
林木山岗的军团
明亮的独立队列！
且看！这是谁的百姓？
什么头巾汪洋之子嗣——
什么切尔克斯之陆地？

亲爱的苏——
　我没有"关注你"
　已有些时日。

妹妹

19世纪50年代末

42

成功被认为最甜蜜

那些人从未成功。

品味甘露一滴

在焦渴之际。

紫袍的衮衮诸公

今天执掌大旗

无人能够道明

胜利的真谛——

他战败——奄奄一息——

昏聩的耳边响起

阵阵遥远的凯歌

多么痛苦，明晰！

19世纪50年代末

这首诗在内战期间首次刊登于《布鲁克林联

合日报》。很可能是苏珊将之转给编辑理查德·萨尔特·斯托尔斯牧师，他常做客常青居。海伦·亨特·杰克逊是一位作家，也是艾米莉的密友，1878 年她将此诗收录在《诗人的假面舞会》，但没有指明作者。许多读者以为这首诗是拉尔夫·瓦尔多·爱默生所作。

43

野心觅不着他——
感情也不知晓
渺渺茫茫的不知何方
横亘中间！
昨日，寻常！
今日，显赫
为我们共同的荣耀，
不朽！

19世纪50年代末

纸张上有小切口，这表明此诗系有一条丝带
或一朵花。

44

深埋我的难题里——
又有难题来袭——
更为重大——沉静——
更庄严的数额——
我止住忙碌的铅笔，
密符悄悄离去——
为何，我的手指
你恍然若失？

19 世纪 50 年代末

45

一脸的痛楚——
一口急促喘息——
一阵离别狂喜
名为死亡。
提及时的哀婉
当磨砺成耐心,
我知道已获许可
重返它自己。

19 世纪 50 年代末

狄金森多次试图在诗中捕捉死亡瞬间。

46

从未丧失的人
就未准备
把皇冠——找见！
从不口渴的人，难觅
酒壶，罗望子清凉！

从未跋涉
长路漫漫，人疲惫——
岂能踏上
那片紫色领地
皮萨罗的岸堤？
多少军团溃败——
皇帝会说？
多少旌旗飘扬
革命的一天？

多少枪弹击中?

你有皇家伤疤!

天使! 标记"晋升"

在这士兵的额际!

艾米莉——

19世纪50年代末

19世纪50年代末,艾米莉将书信撰写和诗歌创作结合起来,这开始影响她诗歌的形式。她寄给苏珊的许多信都是手写的草稿,并且只有一节,这表明这些诗尚未被完成。

47

她在嬉戏时辞世
欢悦地消遣
租来的斑驳时光，
然后跌伏，快乐如土耳其人
一片姹紫嫣红里。

她的魂魄游荡山坡
昨日，今朝，
她的衣裳，像银羊毛——
她的面庞，像浪花。

艾米莉

19世纪50年代末

48

狂喜是一个灵魂
从内陆奔赴大海，
穿过房子——越过海岬——
融入深深永恒——

我们生在，群山之中，
水手岂能领会
那番心醉神迷
离开陆地的最初里格？

19 世纪 50 年代末

49

我们的生命是瑞士，
清寂——寒冷——
某个奇异午后
阿尔卑斯山忘记帘幕
我们眺望远方。

意大利就在那头。
像一名守卫在中间——
庄严的阿尔卑斯山。
醉人的阿尔卑斯山
总是介入。

19世纪50年代末

在她的文字游戏中，艾米莉似乎经常将伊丽莎白·巴雷特·勃朗宁称为"那位外国女士"，艾米莉把她和意大利联系在一起，为之"倾倒"。

50

她的胸前适宜珍珠，
我却不是"采珠者"——
她的额头适宜君临天下
我却没有王冠。
她的心宜室宜家——
我——麻雀——在那筑造
枝蔓缠绕麻线
我永远的巢穴。

19 世纪 50 年代

这首诗和下面的诗作用铅笔写就，是艾米莉
手写的草稿。反面的"苏"字被小心擦掉。在
梅布尔·卢米斯·托德的1894年版《书信》

中，她将这首诗归于写给塞缪尔·鲍尔斯的信件中，暗示艾米莉将《她的胸前适宜珍珠》这首诗寄给塞缪尔，致敬其妻玛丽。卢米斯·托德可能试图让艾米莉与玛丽·鲍尔斯的通信更加丰富，因为艾米莉很少同时致信鲍尔斯夫妇。

51

如守夜人凝望东方，
如乞丐享受盛宴
在幻想中铺展美味——
如沙漠里溪水潺潺
过于遥远，无从欢悦，
天堂捉弄倦客。

同一位守夜人，当东方
掀开紫水晶的盖子
让清晨逃逸——
那乞丐，尊为贵宾，
干渴的唇紧贴酒瓶，
我们依偎天堂，如果真实。

艾米莉莉——

19世纪50年代

52

太阳坠落——坠落——低垂——
群山起身——相迎!
夕阳西下——多妙的交汇!
山里斜阳——多美的安详!

光斑凝结,渐深渐浓
笼住窗玻璃——
山脚,愈加稠密
紫光所及

千军万马聚集——
如此欢乐——如此勇武——
让戴过帽章的我
顿时万丈豪情——

冲锋，从我的烟囱角落——

那里空无人影！

艾米莉——

19世纪50年代

本诗手稿▶

The sun kept stooping - stooping - low -
The Hills to meet him - rose -
On his part - what Transaction!
On their part - what Repose!

Deeper and deeper grew the stain
Upon the window pane -
Thicker and thicker stood the feet
Until the Tyrian

Was crowded dense with Armies -
So gay - so Brigadier -
That I felt martial stirrings
Who once the Cockade wore -

Charged from my Chimney Corner -
But Nobody was there!

Emily.

53

若不是天堂——她是零。
若不是天使——她孤寂。
若不是一些漫游的蜂——
一朵花多余——绽放。

若不是本地的——微风——
若不是蝴蝶
不被留意，如一滴露
遗落在地——

草丛里最小的主妇——
把她从草坪上带走
有人丧失一张脸庞
它经营存在——之家——

艾米莉

19 世纪 60 年代初

54

蜜蜂的嗡鸣——

有种巫术，震慑我。

若有人问我"为何"——

死去比诉说——

容易得多！

山上的赤光

夺走我的意志——

若有人讥诮，

当心，上帝在近旁——

仅此而已！

破晓的黎明——

增加我的级别——

若有人问我"如何"—
激我如此的画师——
必须说清！

艾米莉

19 世纪 60 年代初

本诗手稿▶

The Murmur of a Bee
A Witchcraft - yieldeth me -
If any ask me "Why" -
'Twere easier to die -
than tell.

The Red upon the Hill
Taketh away my will -
If anybody sneer -
Take care - for God is here -
That's all.

The Breaking of the Day
Addeth to my Degree -
If any ask me "how" -
Artist who drew me so
Must tell.

Emily.

55

正好沉没，我获救！
正听见世界行过！
永恒正对我施以围攻，
一抹气息返回，
而在另一边
我听见潮水惘然退去！

如此，归来，我渴望，
诉说"航线"的诡秘！
有位水手，环绕异域的岸堤——
有位苍白信使，恐怖之门逃逸
门旋即严闭！

下一次，留下！
下一次，端详世间万物

耳未曾闻，

眼未曾察——

下一次，徜徉，

任时光偷换——

岁月绵延，

轮回不息！

19 世纪 60 年代初

这首诗1891年3月12日首次刊载于《独立
报》，题为《召回》。这是苏珊在艾米莉去世
后不久发表的诗歌之一。

56

苏珊——恳请借给
艾米莉——《铁厂生活》——
且笑纳鲜花

艾米莉献上——

1861 年春

艾米莉要求苏珊提供一份1861年4月的《大西洋月刊》，其中载有丽贝卡·哈丁·戴维斯的《铁厂生活》。

57

真的吗，亲爱的苏？

有两个？

我不敢前来

惧怕挤着他！

若你可将他关押

咖啡杯里，

或系缚别针

等我进门——

或让托比的爪子

抓紧他——

嘘！别响！我就来！

艾米莉——

约1861年6月19日

这首信诗创作于苏珊的第一个孩子爱德华（内德）出生之后。在早期出版的版本中，"若你可将他关押"被误写为"若我可将他关押"，歪曲句意为艾米莉妒忌新生儿。"托比"是一只猫，而"咖啡杯"可能是调侃苏珊对咖啡的喜爱。

58

苏珊寄

艾米莉——

一切安好——

不要紧，艾米莉——明天

也可以——不必麻烦——

我"不是个难缠的主人"——你

知道玛吉外去，我不愿

离开我的房间——有

两三件小事我想

私下和你谈谈

但明天也

可以——姑娘看过《共和报》吗？

我们的船队启动所需时间

和伯恩赛德号一样长。

1862年3月

1862年3月1日，《斯普林菲尔德共和日报》刊登《雪花石膏的屋舍安全》的早期版本，题为《睡眠》。刊在《睡眠》下面的那首题为《你翅膀的阴影》的诗很可能为苏珊所作。两首诗都是匿名发表。在苏珊写给艾米莉的为数不多现存的信件中，苏珊兴奋地在折页的四分之一处题写问候语"一切安好"，且将其共同事业——让公众了解她们的诗作——比作南北战争时期伯恩赛德将军在1862年2月围攻并占领罗阿诺克岛。

59

沉睡。

安全是雪花石膏的屋舍，

清晨无碍，

正午无碍，

复活的温驯子民酣眠，

绸缎为椽，石块作瓦。

微风轻笑

高高的城堡里，

淡漠的耳际，蜜蜂嗡鸣，

可爱的鸟雀，清脆欢唱：

啊，智慧在此湮没！

佩勒姆山1861年6月

1862年3月1日

这首艾米莉的诗，苏珊提到在《斯普林菲尔德共和日报》上读到过。

60

雪花石膏的屋舍安全，

清晨无碍——

正午无碍——

复活的温驯子民酣眠——

绸缎为椽——石块作瓦——

岁月浩荡——缺月——绕屋——

世界亮出弯弧——

苍穹——滑行——

皇冠——委地——总督——屈服——

无声滴落——白雪的圆盘——

苏——或许，这首诗，你更喜欢一些——

艾米莉——

狄金森寄给苏珊上面那首诗的第二个版本。附上的短条表明苏珊熟悉这首诗，且不喜欢这第二个版本。

61

苏珊寄

亲爱的艾米莉，

我也不喜

第二个版本——它颇不寻常，

如一串炫目的闪电

亮过燠热夜晚的南天，

但这个版本，

与前者类似，和第一诗节

鬼火幽渺不搭——我觉得

第一首诗

自成完整，不需

辅助，也不可配对——

奇特之物总是独行——

就如只有一位加百利

一轮太阳——你绝不可为

那诗节找到匹配，我猜，

你的国度里，此物阙如——

想到它，我总去炉边烤火，

却无法暖和——花儿明媚

仿佛在期待

亲吻——啊，她们在盼望

蜂鸟——当然感谢你

与我分享——不只是

你的认可——你可

想到，有一句话说——

"主啊，若我能看见"——

苏珊累了，她给她的小鸟——

她的斑鸠——缝制围嘴——

当我垂垂老去，他会

在我的脸颊上画画，

酬报我——

苏——

约1861年

这封标有"小马快递"字样的信是苏珊写给
艾米莉信件的稀少样本，它之所以留存，可能是因为它和另一首诗的草稿一起被寄回给苏珊，并由苏珊的女儿玛莎将之保存。苏珊提到《雪花石膏的屋舍安全》的第二节，这可能是印在《斯普林菲尔德共和日报》上的那一节，或者是艾米莉装订成册的另一个版本。十年后，托马斯·希金森复核艾米莉对诗歌的定义，这与苏珊的以上文字相呼应："如果我读了一本书，它让我感到全身冰冷，没有火能温暖我，我知道那就是诗歌。"

62

这，更加霜寒？

春天——摇晃门槛——
却——回音——僵硬——
窗户——灰白——
门庭——喑哑——
日食一族——大理石
帐篷里——
岁月的钉子——
在此——紧扣——

亲爱的苏——
你的赞誉是有益的——
对我来说——因为我知道
它懂得——感觉

它是实话——

若我让你

让奥斯丁——骄傲——

很久以后——某个时候——那

让我迈步更大——

面包屑——给

"斑鸠"——还有

小花枝给他做巢，

一会儿以前——

就只是——"苏"——

艾米莉

约1861年

苏珊的女儿玛莎·狄金森·比安奇在装有这首诗的文件夹里附上一张短笺："回复妈妈对一节诗的批评——"艾米莉去世后，苏珊在编撰艾米莉的诗作时，凭记忆记下艾米莉的致谢："'如果有一天我/可让你高兴，我/应迈步更大'艾米莉。"

63

苏珊寄

私人信件

我今天本打算

给你写信，艾米莉，但

一刻也不得清净 我寄来

此信，免得我看似

因一个吻而远离——

如果这个夏天

你因此煎熬，我很抱歉

你如此伤怀，而我

从未发觉——如果一只夜莺

在荆棘丛中

高歌，我们何尝不是！

一有机会，我给你写信——

苏——

19世纪60年代初

此短条可能随礼物附上——"我送你这个"。
玛莎·狄金森·比安奇描述她的母亲和姑姑寻
觅、等待一天的相处时刻，可以交谈，面对面
传递信件，交换喜欢的读物。这些交流通常发
生在"西北通道"，即家宅后面的走廊。

64

一张面庞，我

最后——携带——

当我从时间游离——

凭此——依序就位——

在西天——

那张脸——就是你的——

我把它呈给天使——

先生——那原本是——我的级别——

在王国——你已听说

晋升者——

可能——提及。

他接过——端详——退至

一旁——

返回——手持一顶王冠

加百列——从未如此欢欣——

央求我将之佩戴——

然后——他把我转来

转去——

天空一片仰慕——

像侍女以主人之名——

足够尊贵!

19 世纪 60 年代

这首诗与诗册有关，背面的称呼"苏"被

擦掉。

65

那——我能否——
关闭门扉——
以免我哀求的
脸——最终——
遭——她——拒绝?

19 世纪 60 年代初

66

埃特纳火山

鼾睡暖阳

那不勒斯不胜

恐惧

甚过她

龇着石榴石的獠牙——

喧闹即安好——

1862 年或更晚

艾米莉指的是西西里岛东部的埃特纳火山，
这是欧洲海拔最高的活火山。

67

救世主！我无人

倾诉——

只好叨扰你。

我早已遗忘

你——

你可记得

我？

并非，为自己，我

远行一路——

我的分量

轻——

我带给你一颗

帝王之心

我已无力

承受——

那颗心盛在

我的心里——

让我的心变得

沉重——

然而——真怪——越来越重——

它也变得——

是否过于庞大

于你?

19 世纪 60 年代初

68

金灿灿燃烧——

紫幽幽——淬火！

像豹子——跃向——

长天——

然后——在古老

地平线的脚下——

安放斑驳的脸——逝去

躬身，低卑

如厨房窗扉——

轻触屋顶——

点染谷仓——

飞吻软帽，作别

草坪——

白昼的

魔术师——消失！

19世纪60年代初

苏珊这首诗的副本已经"遗失"，她很可能将它寄给《共和报》或《击鼓》的编辑，该刊1864年刊载。艾米莉的表弟佩雷斯·考恩于1862年至1866年在阿默斯特学院读书，他在1891年的一封信中凭借记忆誊写出这首诗，特别指出这是他在阿默斯特期间，苏珊给他的。这表明苏珊很早就开始誊写艾米莉的诗，并将其作为礼物。

69

亲爱的苏——
那个早上，
我在想——

当裹尸布——
解开——
生灵——裹着
胜利——
起身——成双——
成对！

艾米莉

19 世纪 60 年代初

70

亲爱的苏：

你的富足——
教我——困穷！
我自己，"百万大亨"
些许——财富——如
女孩儿吹嘘——
辽阔如布宜诺斯艾利斯——
你徜徉你的疆土——
全然不同的——秘鲁——
我珍视——一切
困穷——
这生命的领地——与你！

"矿山"——我——

不甚了了——

只是珠宝——名目——

最寻常——

颜色——

几不知冠冕——

如此——若

遇见女王——

她的风姿——我当知晓——

可这——定是

别样财富——

丧失——沦为——行乞！

我笃信这是——"印度"——

从早到晚——

若可端详

你——

没有限制——没有

责备——

但愿我——是个犹太人！

我知道那是"戈尔康达"——

超越我的力量

想象——

一点微笑——

归我——每一天——

胜过——珠宝一粒！

至少——一种慰藉——

获悉——

黄金——存在——

纵然证实之际，

恰是——

距离——窥见！

遥——远——宝藏——

忖度——

珍爱——那丸珍珠——

它滑落——我纯朴的——指尖——

当年还是——小女孩——

在学校里！

亲爱的苏——

    你看，我记得——

               艾米莉

19世纪60年代初

71

我思量——

人生短促——

苦痛——绝对

伤害——繁多——

但，那又如何？

我思量——

我们不免

死亡——

最强盛的——精力

无从胜过衰朽——

但，那又如何？

我思量——

在"天国"——

终将——平等——

某种新的均衡——给予——

但，那又如何！

19世纪60年代初

随着艾米莉将越来越多的诗篇抄写在手稿本上，她在信中附上更多诗作，并将之作为信件发送，利用页面诗行的排列传达信息。

72

苏——

给些许痛苦——

生命会烦恼——

雪崩式的打击——

他们倾斜——

挺直——谨慎

寻找气息——

却缄默无声——

就如死亡——

只露出

大理石圆盘——

庄严的仪态——胜过

言辞——

艾米莉——

19世纪60年代初

本诗手稿▶

Sue -
    Give little Anguish -
Lives will fret -
    Give Avalanches -
And they'll slant -
Straighten - Look cautious
for their Breath -
But make no syllable -
like Death -
Who only shows his
Marble Disc -
Sublimer sort - than
Speech -
            Emily -

73

我送走两个落日——

白昼与我——

争夺——输赢——

我完成两个，还有

几颗星星

而他——正在制作

一个——

他的落日盛大——

但正如

我和朋友说——

我的——小巧

方便

握在手心

艾米莉——

19 世纪 60 年代

74

对于最大气的女人心，

我知道——

我不能帮什么——

然而，最大气的

女人心

也能——把持利剑——

由此，听从

自己的指引，

我让自己，更加温柔。

艾米莉

19 世纪 60 年代初

75

它从铅灰筛子里
飘坠——
撒落整片树林。
以雪花石膏的
羊毛
填充道路皱纹——

它画出匀净的
面庞
为高山，
与平原——
光洁的额头
从东方开始
又归回东方——

它抵达栅栏——

一条一条包裹

直到它消失在羊毛里——

它拿出上天的帷幔

覆盖树桩，草堆——

还有茎梗——

夏日的空屋——

成片残根

那里长过庄稼，

若不然，无迹可寻——

它把柱子的手腕

缝上花边

就像女王的脚踝——

然后止息它的工匠——

就像幽灵——

否认它们来过——

艾米莉——

19世纪60年代初

76

她的——"最后诗章"——

诗人辞世——

白银之词消失

唇间——

据载——再无妙语

流溢——

长笛，或者女人，如此

圣洁——

不再面对夏日——

清晨

知更鸟——吟唱——一半

曲调——

淋漓地挥洒，那份

恋慕——

来自益格鲁——佛罗伦萨——

迟矣——赞誉——

无益——授予

这高贵的头颅

一顶皇冠——

冠冕——或者公爵的仪仗——

是它坟墓的——足够

标志——

然而，如果我们——不是诗人

亲属——

哽咽——不胜悲痛——

如果，如果我们是

那新郎——

把她安葬——意大利？

19世纪60年代初

艾米莉在伊丽莎白·巴雷特·勃朗宁去世后给苏珊寄去这首信诗。艾米莉和苏珊都非常欣赏这位女诗人。

77

失败——磨砺胜利——

他们说——

暗礁——在古老的

客西马尼——

期盼那边的

堤岸!

是乞丐——道明——

宴席——

是焦渴——平添

酒劲——

"信仰"呜咽——

百思不解!

艾米莉

19 世纪 60 年代初

本诗手稿 ▶

Defeat — whets — Victory —
they say —
the Reefs — in old
Gethsemane —
endear the Coast —
beyond!
'tis Beggars — Banquets —
can define —
'tis Parching — vitalizes
Wine —
"Faith" bleats — to
understand!

Emily.

78

自然——有时

灼伤一株苗——

有时——剥掉

一棵树——

她绿色的子民

记起——

若他们并未

死去——

嫩弱的叶片——

把岁月绵延,

无息见证——

我们——拥有

灵魂

时常殒命——却无

此生机——

艾米莉

19世纪60年代初

79

距离——不是

狐狸的国度

鸟儿的

传递

削减——距离

除非你，被爱着。

艾米莉

19世纪60年代初

苏珊在编选艾米莉诗作做笔记时想起这首信
诗。她在一张纸上写下"'智慧之泉'——佩
特"和"'距离！除非你，被爱着'——艾米
莉"。她很可能在誊写所喜爱的艾米莉的诗首
行或隽语。

80

他摸索你的灵魂

像琴师抚摸琴键

再肆意抛洒

乐曲——

他缓缓地震昏你——

让你脆弱的禀性适应

那空灵的撞击

隐隐敲打——

远远传来——

稍稍靠近——又慢慢悠悠

你的气息有暇

平顺——

你的大脑——冷然一动——

迎头——一记——威严——

霹雳——

撕下你赤裸
灵魂的头皮——

当狂风的利爪
擒握森林——
宇宙——沉寂——

艾米莉——

19世纪60年代初

81

盛夏里有一天，
只因我而来——
我以为是为了圣徒，
因为复活——存在——

太阳，平常，普照，
繁花，摇曳如昔，
仿佛航行未经过至点
让万物焕然一新——

时光鲜遭言语亵渎——
语词的象征
多余，如同圣礼上
我们主的——服饰——

彼此

独对——是密封

教堂，

许可交流——

此——刻——

以免我们无所适从

出席

圣餐会上

光阴荏苒——如斯，

贪婪的双手紧握——

两个船舱上的面孔，回望，

朝向相反的陆地——

一旦流光尽泄，

四处悄然无声

捆住彼此的十字架——

我们再无其他约束——

誓约已足，我们奋起——

坟墓，终将——废黜——

那新的婚姻，

获准 —— 以爱的磨难 ——

1862年

这首诗后被苏珊命名为《放弃》。在艾米莉去世后，她删除第四节，投稿《斯克里布纳杂志》，并于1890年8月出版。艾米莉的妹妹拉维妮娅拥有这首诗的手稿，反对苏珊的篡改。然而，苏珊坚持认为，她有权出版艾米莉寄给她的任何诗作。这首诗也是艾米莉在1862年寄给托马斯·希金森的诗作之一。

82

精油

提炼而成——

玫瑰的

香油

不只受惠

阳光——照耀——

它也是旋拧的

赠品——

平常玫瑰

凋零——

而这——在

贵妇的抽屉

消遣长夏——

当她躺在坟墓

芬芳不再。

艾米莉——

19世纪60年代初

83

我向她展示高山

她从未见过——

"想不想爬?"我说。

她说——"不想"——

"和我——"我说——

和我?

我向她分享秘密——

早晨的巢穴——

捆绑夜晚的

绳索——

如今——"可愿

视我为客?"

她找不到 "是"——

于是，我终结

我的生命——看哪，

一束光，为她，

熠熠生辉，

更加浩大，当她的

面庞消退——

她可会，再次，

说"不"？

艾米莉——

19世纪60年代初

这首诗有另一个版本，艾米莉修改了代词，
收录在诗册中："他向我展示高山我/从未见
过——"

84

绝望

与恐惧

之别——如

同

沉船

一瞬——

之于

船难发生。

心灵

平静——

不动——知足

如胸像

脸上的

眼睛——

它知道——

它看不清。

艾米莉

19世纪60年代

85

就像一些古老的

奇迹

当夏日远去——

恍然是夏的

回忆

六月的韵事

就像无尽的传说

就像灰姑娘的枣红马——

或是林肯绿的

小约翰——

或是蓝胡子的

豪华陈设——

她的蜜蜂如幻嗡鸣——

她的花朵，就像

一帘幽梦——

让我们喜不自胜——

近乎悲泣——

一切仿佛——真真切切——

她的记忆就如

旋律——重现——

当乐队

噤声——

小提琴收回

琴匣

耳朵——天堂——

喑哑——

艾米莉——

19世纪60年代初至中期

86

灵魂之于自己

是帝王般的朋友——

或是最冷酷的——密探——

由敌人——派遣——

严防自己——

背弃无惧——

是——自己的——君王

灵魂，凛然而立——

艾米莉——

19 世纪 60 年代中期

这首信诗背面的称呼"苏"被擦掉。

本诗手稿▶

the Soul unto itself
Is an imperial friend—
Or the most agonizing Spy
An Enemy—could send—

Secure against its own—
No treason it can fear—
Itself—its Sovreign—Of itself
the Soul should stand in awe—

Emily—

87

心灵至高的
瞬间
与她——默会——
当侣伴——以及
世间的场景
隐去无踪——

或——独自——
攀升
抵达遥远的山巅
众生无从企及
除却万能的神——

这凡俗弃绝
稀少——却幽美

如幻影——臣服

至尊空气——

永恒揭秘

向钟爱者——些许——

永生的

磅礴

意蕴

艾米莉

19 世纪 60 年代中期

88

啊，特内里费！
退却的高山！
岁月的紫光——为你
停驻——

落日——检阅她宝蓝的
军团——
白昼——向你挥洒殷红
作别！

冷冷——裹着你寒冰的
铠甲——
花岗岩的大腿——
钢铁——筋肉——
不顾——威仪赫赫——或

离情愁苦

啊，特内里费！
我伏地——不言——

艾米莉

19世纪60年代中期
"特内里费"是加那利群岛中的火山岛。很有
可能指伊丽莎白·巴雷特·勃朗宁、约翰·罗
斯金和拜伦充满诗意的肖像。

89

"自然"就是

我们所见——

山峦——

下午——

松鼠——日食——

大黄蜂——

不——自然是

天堂——

自然是

我们所闻——

食米鸟——

海洋——

雷霆——

蟋蟀——

不——自然是

和谐——

自然是

我们所知——

却无法

言说——

无能无力

我们的智慧

面对她的纯真

艾米莉

19 世纪 60 年代中期

90

没有销售的

传奇

如此令人

迷醉

如品味

他个人的传奇——

这是虚构——稀释

到俨然合理

我们的小说——当它

足够细致

可信——不再真实！

艾米莉——

19世纪60年代中期

本诗手稿▶

No Romance sold unto
Could so enthrall
A Man
As the perusal of
His Individual One —
'Tis Fiction's — to dilute
to Plausibility
Our Novel — When 'tis
small Enough
to Credit — 'Tisn't true!

Emily —

91

人不需要是

一个房间——让鬼魂

出没——

人不需要

是一栋宅子——

头脑有

长廊——胜过

真实的地点——

更为安全,

午夜遇见

外在的鬼魂

比它内心

对峙——

那冷峻的主人——

更为安全，穿过
修道院的小跑，
乱石的追赶——
比赤手空拳，
遇见自我——
在清冷之地——
我们在自己
之后，隐匿——
最应陡然一惊——
刺客藏匿
我们的住所
最不足为惧

身体——借用
一把手枪——
他闩上门——
却忽略一个
高级幽灵——
或者更多——

艾米莉——

19 世纪 60 年代中期

92

原谅我——多莉——

孩童能展现的
凡尘——之爱——
细若游丝——我
知道，
那更神圣的——东西——
让正午的面庞
绝望——
在阳光下
点燃火绒——
阻碍——
加百列——展翅——

就是这——在音乐里——

暗示——摇曳——

远远悠游——

在盛夏时光——

提炼——未决——之苦——

就是这——让我们怅惘

在东方——

熏染余晖

西天里

以刺痛的碘酒色调——

就是这——邀约——惊吓——

赋予——

飘逝——闪烁——证明——

消散——

返回——提议——定罪——

迷惑——

然后——抛掷天堂——

19 世纪 60 年代中期

艾米莉提到苏珊时，使用昵称"多莉"。

93

无从捕捉

那些

成就死亡的人

于我，无比肃穆

超越

人间

诸般严威——

灵魂将

"并未在家"

题写

肉体，

步履纤细

空灵

超出触及的

指令——

　　　　　　　　　　　艾米莉——

19 世纪 60 年代中期

这首诗是以前未发表过的版本，背面写着寄
给"多莉"。

94

最小的蜜蜂

酿制——

一点点蜂蜜

夏季丰裕无比——

满足于最少

份额有益

19世纪60年代中期

这首诗被苏珊和孩子们反复翻看。信纸的背面有一个游戏，孩子们在上面画出一排排盒子并填入字母，拼写自己的名字。其中一个名字是"玛蒂·狄金森"，即苏珊的第二个孩子，玛莎，生于1866年。这些标记表明，苏珊收到这首诗的若干年后，它仍被孩子们拿出来使用。手稿的针孔为苏珊制作剪贴簿时所致。

95

活着，是

力量——

存在——于自己——

没有更多

功用——

无所不能——足够——

活着，还有

意志——

如上帝般干练——

我们自己的

更高境界，何在——

就是这

有限?

艾米莉

19 世纪 60 年代

本诗手稿局部▼

To be alive, is
power —
Existence — in itself —
Without a further
function —
Omnipotence — Enough —
To be alive — and
Will —
'Tis able as a God —
The Further eg
Ourselves, be What —

96

无论他之于我，

还是我之于他，

借助言辞

毁灭真挚。

对他厌倦，

比单调

更难企及

获悉一颗微粒

在无垠空间

辽阔人世——

他是否造访别人——

他栖息与否

我不知晓——只是本能

尊之为

不朽

艾米莉

19世纪60年代中期

这些诗行构成艾米莉诗作《我意识到我房间
里》的诗册版本的最后两节半。

97

安于凋零

我已足够

我零落而神性——

赴死——人生——丰盈

若明眸

稍微留意

我。

19世纪60年代中期

98

遥不可及——也许——
人生的低卑求索——
但随后——
永恒敦促
再次
奋力——

斯普林菲尔德

19 世纪 60 年代中期
艾米莉的签名"斯普林菲尔德"可能指她们
共同的朋友——《斯普林菲尔德共和日报》
的编辑塞缪尔·鲍尔斯，也可能指该报纸以及
诗歌出版这件事。

99

燧石土壤，若

深耕细作——

回报手之辛劳——

棕榈种子，沐

利比亚的阳光

在沙漠里繁茂——

艾米莉——

19世纪60年代中期

100

两位——都不朽——

双倍——

此特权者稀少——

永恒——收获——在

时间里——

逆转——神性——

我们庸常的

眼眸

感知天国

无与伦比——

相形——之下。

19 世纪 60 年代中期

101

我不喝，

苏，

请你

先尝——

比水更为

清凉——是

朝思暮想的

渴慕

艾米莉

19世纪60年代中期

102

亲爱的苏——

永恒，

没有初始，

亦无终结——

永恒，是中心，

天长地久——

坚信——也就足矣，

有假想的

权利——

请收回那

"蜜蜂"

"金凤花"——

我没有田野

可供迷醉。

然而，于我

钟爱的女子，

这里是节庆——

割开

我的手，她的

指头

里头显露——

我们美丽的

邻居在五月"迁居"——

留下

一份清空。

把钥匙还给

百合，

我锁住玫瑰——

1864 年

1864 年 2 月，艾米莉前往波士顿求治眼疾。4
月下旬，她再次回到波士顿治疗眼睛，一直待
到 11 月。在这七个月里，她与诺克罗斯小表
妹（一个 22 岁，一个 16 岁）一起住在剑桥港
的公寓里。路和范妮自父亲于 1863 年去世后
便成为孤儿，她们的母亲，也就是狄金森夫人
的妹妹拉维尼娅于 1861 年去世。"美好的邻

居"指纳撒尼尔·霍桑，他于1864年5月19日去世。艾米莉暗示，他"迁居"这件事微不足道，因为精神在其文学作品里万古长青。在艾米莉和苏珊的精神交流中，"百合"和"玫瑰"具有特殊意义。这些花，而不是雏菊，是书信中的标志性花朵，象征着一种动态的转变，两名女性的成熟关系。艾米莉常把百合（信仰）和玫瑰（欲望、美和爱）与苏珊等同或联系起来。

103

大海
中央——
欣闻格特鲁德
夫人活着——
我相信她会
活着——那些
无愧生命的人
享有奇迹,
因为生命是奇迹,
死亡,
蜜蜂般无害——
除非你
执意逃离——
能与你晤面,
最好——

凝望草丛,
谛听果园里
清风骀荡,
也不错——
苹果
熟了吗——鸿雁
可曾飞过——
你可留存
莲花的
种子?
问候玛蒂
约翰
还有陌生人——
亲亲小内德
的颈窝儿,
完全
为了我——
医生
非常和善——
我找不见敌人——
四点的钟声
敲响五点,路说,

她永驻。

不要停止，姐。

凄凄长夜，

我当辗转反侧，

叨念着"苏"——

艾米莉

1864年9月

"医生"和"路"表明，这是艾米莉在波士顿地区接受眼疾治疗时寄给苏珊的另一首信诗。"格特鲁德夫人"指苏珊的朋友格特鲁德·范德比尔特，她因救她的女仆中枪，当时她的女仆正被一位从前的追求者袭击。"玛蒂"是苏珊的姐姐玛莎，"约翰"是苏珊的姐夫。

104

灵魂选择
自己的友伴
随后，闭合
门扉
于那神性的
多数——
隐匿不见——

19 世纪 60 年代中期

两首诗的手稿都写于 19 世纪 60 年代中期；然而，一首使用墨水，一首使用铅笔，这表明可能它们创作时间的不同。手稿大量的折痕表明在苏珊和艾米莉之间多次来回传递。

105

夕阳坠落于

你

漆黑了白昼

于我——

距离多么，邈远，

如此，我望见

千帆过尽

却鲜有，轻触

你的岸堤？

艾米莉

19世纪60年代中期

106

~~~~~~

雅韵是

她的全部，

这，

淡而不露，

识别的

艺术，必是，

另一种，

赞誉——

艾米莉

19 世纪 60 年代中期

107

我们一闪而过，
她驻留。
我们演绎
她的技巧。
而她——创造
结盟
悄然无声

19世纪60年代中期

本诗手稿▼

We poes. and
She abides,
We conjugate
Her skill.
While She creates
and federates
without a syllable,

108

領悟的

豪奢

是

这样的豪奢

凝望你

仅一次

我成为美味师

无论什么

在场，

至于其余

食物

我很少记起

渴慕

若我初次

这般供给——

默想的

豪奢

是这样的豪奢

饱餐

你的容颜

一种丰裕

赋予

平常日子，

它远远的餐桌，

笃定觑见

满满当当

一粒碎屑

魂牵梦绕着

你。

艾米莉

19 世纪 60 年代中期

109

婚约里委身

于你

哦，你是上天的

主人——

是圣父

圣子的

新娘，

是圣灵的

新娘。

艾米莉——

19世纪60年代中期

110

亲爱的苏——

钟爱者
无从——逝去——
爱是永恒——
不——爱是神明——

艾米莉

1865年3月

1865 年 3 月 16 日苏珊的姐姐哈丽雅特·卡特
勒去世，这首信诗在此之后被寄给苏珊。艾米
莉常将诗篇作为精神礼物赠送苏珊以示安慰，
此即一例。

111

姐姐：
我们都是
女人，
有一种上帝的意志——
若弥留者
倾诉死亡，
就不会有
死者——婚约
比死亡胆怯。
感激你的
情深意切——
我发现，这是
意志汲取的
唯一食粮，并非
源自寻常之手。

很高兴你前去——

这不会让你

迁居。我寻找你

最初在阿默斯特，

旋即调整

想法，无须

加鞭，思绪

将你追随——

一小时是大海

少数人，与我之间——

彼此相伴，也是

港湾——

1865 年 12 月初

当艾米莉写下这首信诗，苏珊可能正在纽约
的日内瓦探望姐姐玛莎·史密斯。玛莎两岁
大的女儿名叫苏珊，于 11 月 2 日夭折。这也
可能是指 12 月 2 日艾米莉和苏珊的朋友苏
珊·菲尔普斯去世。

112

让这一张床宽敞。

让这张床

庄严——

在这，等候

大审判宣告

完美，而公正——

让床垫

平直——

让枕头

浑圆——

别让日出

金黄的喧闹

袭扰这

土地——

19世纪60年代中期

113

苏，你必须
让我先行，
我常
栖守大海
熟悉路情——
我愿溺死
两次，救助你
不要沉没，亲爱的，
但愿我可
遮住你的
眼眸，不让你
窥见汪洋——

19世纪60年代中期

这封信诗附一张纸条,是玛莎·狄金森·比安奇的注解:"最早送来的碎片之一。"然而,艾米莉致信苏珊已约十五年。可能是苏珊的女儿为保护母亲和姑姑的亲密通信不受公众关注,故意写错字条上的日期。

114

错失一切——

阻止我

错失琐碎

事物

若非大过

世界

行将脱落

铰链

或太阳熄灭——

可供观测——

都微不足道

我不会

抬起额头

远离工作

好奇——

艾米莉

19 世纪 60 年代中期

115

感激——
不言及
柔情，
那是默识
心通
超越铅锤
之词。

艾米莉

19 世纪 60 年代中期

116

~~~~~~

身后的尘土

我奋力联系

之前

圆盘——

但顺序

杂乱　无从

理顺

像一溜线团滚落

地板——

19 世纪 60 年代中期

117

除非是小

块头

没有什么生而圆溜——

那些——匆匆成形——

显摆——结束——

庞大体形——慢慢成长——

晚些悬挂——

金苹果园的夏天

万代千秋——

艾米莉——

19世纪60年代中期

希腊神话中，"赫斯帕里得斯"指西方三女神，她们在一条龙的帮助下，看守大地西端的金苹果园。铅笔划痕覆盖这封信诗的正反两面。小牛或是小狗可能是苏珊时年五六岁的儿子内德所画。

本诗手稿▼

Except the smaller
size
No lives are Round.
These - hung to a Sphere.
And show - and End -

The Larger. slower grow.
And later hang -
the Summers of Hesperides
Are Long -
                    Emily -

118

感知

一物的代价

恰是该物

丧失——

感知本身

是获得

回应其

价值——

绝对的物体——

无有——

感知赋予

美丽

随即责难

一种完美

坐落

太远。

艾米莉——

19世纪60年代中期

119

美的

定义，

是无法

定义——

如天堂，消解

思虑，

美与

天堂

合一。

艾米莉

19 世纪 60 年代中期

艾米莉使用《窗边，我/有风景》这首诗的诗行"旋律的定义——是——/定义是无——"，并将其中的"美"改为"旋律"。

诗行重复表明，当艾米莉思考美、绝望、爱情、邻里关系、疯狂、欲望时，就如她思考一切人生体验，修改或重新审视之于她的创作过程至关重要。

第三部分

另一番孤独
（mid-1860s to mid-1870s）

从19世纪60年代中期到70年代中期，艾米莉与苏珊的文学和情感联系显然是一种合作关系，因为书信往来仍然包括信诗、诗和创作中的诗。以下许多信件隐射共同的文学乐趣以及两家的家长里短。19世纪70年代初期，经常是小孩和用人把艾米莉的信从家宅带给隔壁的苏珊。

传记常常谈到艾米莉多年不见苏珊，这一时期的作品证明这一说法甚谬。事实上，两人的联系非常亲密且持久。从这些信诗可以窥见不修边幅的外表、共用的咖啡杯和私下的幽会，苏珊的女儿玛莎说这些都发生在家宅的后走廊。两人不仅在家里经常相伴，偶尔还公开出场。弗洛拉·怀特是玛莎·狄金森·比安奇的朋友，她记得1872年春天在苏珊所属的公理会教堂见过艾米莉。她描述苏珊让艾米莉坐下的情景，说苏珊对她深爱的朋友艾米莉轻声细语，"面带微笑，呵护着她"。

在19世纪60年代到70年代，艾米莉和苏珊的关系渐深且固。艾米莉和苏珊都有几位通信的朋友，互相写信寄诗，讨论书籍和日常琐事。然而，就其数量、持续性和多样性而言，艾米莉写给其他人的信件都无法与写给苏珊的相比。许多给苏珊的短条总是随意，有感而发，兴之所至，絮叨家常，以最普通的方式与一位满怀爱意、让人舒服、充满才情又有创作灵感的人交流。

除了给苏珊寄诗，艾米莉还把诗作寄给托马斯·温特沃斯·希金森、塞缪尔·鲍尔斯、伊丽莎白·霍兰、范妮和路·诺克罗斯、海伦·亨特·杰克逊等人。我们只能假设，寄给心爱之人，相比寄给朋友或编辑的，即便是同一首诗，意味也截然不同。

以下许多信件都写在碎纸片上，这表明两人的相处自在随意。苏珊的"X"和其他符号通常标注在信诗或诗作的反面，这是她后来编辑艾米莉诗集时做的记号。纸上有针孔，表明这些短条曾放在衣服里面传递，或附在面包、蛋糕、水果等礼物上，或保存在苏珊的剪贴簿里。与艾米莉寄给其他人的信件和诗作不同，苏珊保存的纸稿常有磨损，证明苏珊反复阅读。在本部分的一首诗《蟋蟀/唱起》的反面，苏珊自己写了两节诗。

19世纪70年代初，奥斯丁接替爱德华·狄金森，成为阿默斯特学院财务主管，而爱德华则就任于马萨诸塞州议会。苏珊每年秋天都会带着孩子们去纽约的日内瓦拜访姐姐玛莎和姐夫约翰·史密斯。1873年夏，苏珊前往马萨诸塞州的斯瓦普斯科特，艾米莉在这一家子在海滩度假时给她写信。通信过程显示，在生命的不同阶段，艾米莉不改对苏珊的爱和渴望，与苏珊相处总是活泼嬉闹。在一封寄给斯旺普斯科特的信中，艾米莉将自己对苏珊的感情比拟成但丁对贝特丽丝的热恋、乔纳森·斯威夫特对斯特拉的爱以及米拉波对苏菲·德·拉菲的爱。

1874年6月16日，在州议会任职期间，艾米莉的父亲在波士顿一家酒店的房间里病倒离世。第二年，在他去世一周年前夕，艾米莉的母亲中风，身体衰弱，这要求艾米莉与拉维妮娅两姐妹接管家宅，并照顾母亲。没有任何给苏珊的信件或信诗提到艾米莉父亲的逝世和母亲的疾病，艾米莉和苏珊很可能当面商量这些重大事情，在这些艰难岁月，苏珊在侧，安慰着艾米莉。艾米莉的母亲罹病两个月后，苏珊生下第三个孩子，吉尔伯特（小名吉布）。

120

神圣的头衔，属于我。

妻子，没有

匾牌——

赫赫之尊

封赏我——

苦难女皇——

王者姿仪，只差

一顶皇冠——

订婚——没有

心醉神迷

上帝给予我们女人——

当你持有

石榴石一双——

黄金——一对——

诞生——新娘——

僵尸 ——

一天之内 ——

三重胜利 ——

"我的夫君" ——

女人说

语调悠扬动听 ——

是不是这样 ——

艾米莉 ——

19世纪60年代中期

121

它离去，我们

驻留。

一点落寞

触碰我们的

适意

如同商贸

突然袭击

一场圣礼

艾米莉

19 世纪 60 年代中期

艾米莉用以上诗句来收尾《春天里有一道
光》。这首诗似乎以短条寄给苏珊，邀请苏珊
批评。

122

蟋蟀

唱起

夕阳

西坠

劳工

次

第

弥合线缝

白昼之上

矮草

布满

露珠

暮光

伫立，像是

生客

手持

帽子，礼貌

又新鲜

驻足，又像

辞行——

一种苍茫，

像是近邻，

智慧，没有

面目，没有名姓，

平静，像两个半球

自在安适

如此，

黑夜临至——

艾米莉

［苏珊用铅笔写在背面］我在恭听／战战兢兢／也许是封印／死亡的笼罩下［纸倒过来写着］绝望是对人的／背叛／对上苍的／亵渎。

19 世纪 60 年代中期

艾米莉和苏珊发现彼此的作品相互启发。

123

我们浑然不觉

正在丧失——

可怕的瞬间

占据根本

位置

在诸多确定里——

外表坚定，暗自

松动

纸牌——偶然——

朋友——

坚固的幽灵

质地是细沙——

19 世纪 60 年代中期

124

一颗钻石

端在手上

习惯也就

寻常

意义

随之消退

珍珠

宝石最宜寂寂无闻

供在卖主

神龛

多少凝睇

叹息

不可

企及，

狂热而恐惧

生怕别人
买走
生怕富人
买走——

19世纪60年代末

这首诗和下一首都是寄给苏珊的草稿，这表明创作《雪花石膏的屋舍安全》时的那种交流其实很平常。

125

我适应他们——

摸索黑暗

直至完全

契合。

这是严肃

劳作

有简朴的

甜蜜—— 这

有充足的

美好

我的节制

产出

纯净食物，奉给他们，

若成，

若败

也有目标的

喜乐。

19世纪60年代末

本诗手稿▶

I fit for them —
I seek the dark
till I am through
fit.
the labor is a sober
one
With the answer
sweet, an this
With this sufficient
sweet

that astronom as mine
produce
A sure ford for them,
if I succeed.
If not I had
the transport as
the aim.

126

姐姐，离去事小，

唯恨与你暌违。

我们带走一切，

所剩不多

抛诸身后——

忙于思念你，

我未品味

春天——再有

四月纷至，

我们不妨饱餐——

艾米莉

19世纪60年代末

艾米莉可能写于1868年4月，此时苏珊前往康涅狄格州的斯坦福市拜访朋友、《家政哲学》的作者约瑟夫·莱曼和劳拉·莱曼。

127

苏珊的信徒为她
供奉一座神龛。

19世纪60年代末

128

亲爱的苏

你只说

一句,

"艾米莉

没让我伤心"

签上你的名。

我将静待

其余——

19世纪60年代末

这封信诗的内容延续到背面,称呼为"苏"。

展开这张纸,苏珊似乎已签名许可。

129

～～～～～～～～～～～～～～～～～～～～～～

我
亲爱的姐姐
让我想起
感激她
<u>为她本人</u>
尤为可贵。

艾米莉

19世纪60年代末

130

蜜蜂的嗡嗡

已经止息

然而，一些

嗡嗡声响

晚些的，预言的，

一并响起。

一年

低沉的音律

当大自然的欢笑

消退

经书的

《启示录》

《创世纪》是六月。

这是典型的母亲

为她的变化

送去

适宜的子嗣

就如强音淡去

一片寂静

随着朋友

离别

我们推测的

一切，

不付言辞的

思绪

与我们

尤为亲密

熟过我们熟识的

亲友。

艾米莉

19 世纪 60 年代末

131

另一番孤独
许多人至死亦无，
并非缺朋少友所致，
也无关境遇运命。

有时是天性，有时是思想
不管它降临谁
谁就丰盈富足
凡间数字不胜数。

19世纪60年代末

132

有一座矿藏
无人能拥有
它必须
被授予，
独占的财富
贬值
旁边一个宇宙——

切莫耗散
波托西
且宜储藏
心头
吝啬鬼
今晚
憾恨搓手

渴慕

印度

地下掩埋！

艾米莉

19世纪60年代末

艾米莉把玻利维亚的"波托西"以及东方称为"印度"，象征巨额财富。1868年12月，塞缪尔·鲍尔斯因诽谤罪被捕入狱一夜，他的朋友为他声援。两天后，艾米莉的父亲爱德华致信鲍尔斯，信中说他情愿"不要波托西的矿藏"，也希望那天晚上自己在场。

133

极乐是一缕微风
把我们抬离
地面
落至
另一个住所
其中样貌
无从获悉——

不会送回原地，
过了一阵
我们清醒降落
有点新鲜，因为
那一段
魔幻之地——

最妙魔法是

几何学

魔术师看来——

他的寻常招式

是特技

在常人眼底。

19世纪60年代末

两首诗用一条线隔开，类似于艾米莉在诗册
中划线隔开诗作。苏珊在自己的诗歌手稿本
中也做同样处理。艾米莉送来一页诗歌草稿，
供苏珊点评。

134

我们渴慕的

事物

证据，来自

从前熟悉的东西——

19 世纪 60 年代末

135

亲爱的苏，
别这般行事——
《天方夜谭》
不适合
太精算的——
心

艾米莉——

19世纪60年代末

136

这太冰凉

阳光晒不暖——

僵硬，难以

弯曲，

拼接这玛瑙——

是件——绝活——

让石匠瞠目——

为难——惧怕——羞愧——

在技艺之外

敏捷的核仁

如何游离

外壳损伤

没有破裂，没有皱痕

迹象

唯独一个星号。

19 世纪 60 年代末

本诗手稿▼

Too cold is this
to warm with Sun.
Too stiff to bended
be.
to join this Again
were a work. for
Outstaring Masonry -
stooping - appalling - abashing
Beyond machinery -
How next the Agile
Kernel out -
Concision of the Hurt
Nor Rip, nor wrinkle
indicate
But just an Asterisk.

137

真是稀奇——

她的尊贵子民
自然很
熟悉
他们喜欢
表意
如易于凋落——

艾米莉——（这首信诗很可能附寄一朵花。）

19世纪60年代末

138

死亡的

严霜凝结

窗玻璃上——

"顾好你的花儿"

他说。

就如水手

奋力堵漏

我们

搏斗无常。

我们顺从的花儿

献祭大海——

献祭高山，

献祭太阳——

即便他

殷红的搁架

开始蠕动

严霜——

我们把他撬回

我们把自己

插到

他和她

之间,

然而就像那条

细细的蛇

他轻松地

蜿蜒而行

直到她

无助的美

屈服

我们的

愤怒爆发——

我们将之驱至

他的沟壑

我们将之逐至

他的巢穴——

我们憎恨死亡
憎恶生命
无处，
可去——
相比大海
陆地
有
一物更大——它
是痛苦——

艾米莉——

19世纪60年代末

这是苏珊誊写的一首诗作，这表明她计划将
其收入她编辑的艾米莉作品集，或者寄给朋
友，编辑出版。

139

风的责任

不多，

让船只转向

海里游，

养育三月，

护送洪流

为自由引路。

艾米莉——

19世纪60年代末

玛莎·狄金森·比安奇把这首诗贴在《唯一的猎犬》的扉页上，并把这本书赠送给宾夕法尼亚州朗霍恩的朋友劳拉·斯卡尔，且题词："致劳拉——纪念我们不朽的生命——玛莎的爱——1914年。"

140

缓缓聚集

如雷霆

抵至极点

随即轰然

坍塌

当一切

创造又隐匿

这——也许

是诗——

或是爱——

两者同时而来——

我们证实两者

却又无能——

体验的瞬间

消散——

无人看见

上帝还能活着——

艾米莉

1866年或更晚

苏珊把"无人看见上帝还能活着"抄在一篇
日记里。

141

蜘蛛缝织

夜里

没一丝光亮

脚踏一线

白弧——

这是贵妇

褶领

还是地神

寿衣

他自己知会

自己——

他的永生

策略

相面术。

艾米莉

19世纪60年代末

"相面术"试图通过面部特征理解个体性格和精神品质。玛莎·狄金森·比安奇特别提到，在苏珊和艾米莉三十多岁时，"我母亲在家里快乐地忙着"，可以看到"艾米莉姑姑的灯穿过冬天雪地，射出昏暗的光，在她彻夜未眠时很晚还亮着，以保护她的植物免受寒冷"。"几天甚至几周"，灯光是"她们之间无声的问候，写信是唯一的辅助"。艾米莉把这首诗寄给或朗诵给路和范妮·诺克罗斯，诺克罗斯姐妹又把这首诗寄给托马斯·希金森。

142

我们渴慕的
面容——
纵然只是
一天
就如暌违
百年,
当它消逝
无影

19世纪60年代末

苏珊的女儿玛莎·狄金森·比安奇用铅笔写
道:"另一边是艾米莉姑姑的原稿。这一边是
母亲手写的副本。"

143

安全的绝望

总是

喋喋不休——

剧痛

寡言——

收敛自己

搁置一旁

独自

细品——

没有灵魂

驻守

烦扰的

前线——

爱是一——

不是集合——

死亡也不是

双重——

艾米莉

1866 年或更晚

144

带走我们的苏，
留下一个
卑俗的世界；她的
超凡脱俗
是我们更为熟悉的
天空。
这，不是自然——
亲爱的，不过是
自然的
替代。
鸟儿更愿意
悄无声息
无须解说。
请回家
看看你的气候。

山峦一袭
披肩，我
每天
前去自购
腰带。
奶奶念叨
内德；听到
他的名字，
奥斯丁的脸膛
雾霭一般柔和。
告诉"德克斯特"
我想念他的
小分队。
我谦卑有加，
拟顶替你在
牧师家的席位，
远逊于你，
徒招
讪笑。
玛蒂严肃
可爱，有文学素养——
据说——精通

鹅妈妈的典故

要不然，

雄心勃勃的。

我们新添

一名帮工，名叫

蒂姆。

父亲称他

"蒂莫西"。

他将"畜棚"

念成"圣经"。

维妮仍在

"勘测海岸"；

我忙于

照料父母，

一天到晚

四处奔走，

气喘吁吁

如夏天的狗。

告诉玛蒂

知道小丫丫

安好，

我很开心；

谨祝小小

丫丫拥有

无价的妈妈。

苏珊的

艾米莉

1869年秋

1869年秋，苏珊去纽约日内瓦看望姐姐玛莎。艾米莉指的是妹妹拉维妮娅（维妮），她整个秋天都在波士顿。"玛蒂"是苏珊三岁的女儿玛莎。"小小丫丫"指的是苏珊的小侄女伊丽莎白·索普·史密斯。艾米莉提到的牧师可能是J.L.詹金斯，艾姆赫斯特公理教会的牧师。

145

支架扶持

屋舍

直至屋舍

落成

随即，支架

撤去

自足、挺立，

屋舍撑起

自己

不再追忆

钻子

木匠——

恰是这番怀想

完善

生命——

往昔的板条
钉子
苦熬——随后
脚手架坠落
确认一颗灵魂。

艾米莉

19世纪**60**年代末

146

我打赌每一阵

吹拂的风

让自然

懊恼

差遣一个

事实

拜访

砸落

我的气球——

19世纪60年代末至70年代

147

我的苏——
路和
范妮今晚
探访；即便
不在，
那又何妨？
空白，犹如
存在——

一个瘦瘦家伙
在草丛里
时而前蹿——
你可能也曾
遇见？
没有？

他总是忽焉而至——

草丛倏地分开
像梳子划过——
一根带斑的箭杆
呈现，
又弥合
在你的脚边
复又敞开
向前——

他性喜
阴湿地带——
那里
玉米不胜森凉——
然而，还是
儿时，光着脚
我不止一次，

正午经过
我料想
一根鞭子

散落

阳光里，

当弯腰

捡拾

它蓦地瑟缩

不见——

几位

自然的子民

我们彼此

相知

我对他们

心怀欢喜

挚爱——

而觑见

这厮

结伴，或是

独行

忍不住

屏息

寒至

骨髓。

艾米莉

约1870年

艾米莉的诺克罗斯小表妹路和范妮抵达阿默斯特拜访。艾米莉抄录在此的这首诗于1866年2月14日被刊于《斯普林菲尔德共和日报》。艾米莉有可能把这首诗寄给苏珊，以替换苏珊寄给报纸的那份。这首信诗表明，两人在见面交流。在一封邮戳为1866年3月17日的信中，艾米莉担心希金森在《共和报》上看到这首诗，由此认为她说无心"出版"其实是口是心非。

148

谁是

"圣父

圣子"

小时候

我（们）纳闷儿，

他们

与我（们）

何干

当童年渐长

用（惊人）骇人的推断

恐怖地告知

我（们）思忖，

至少

他们不比

描述的状况

更加黯淡。

谁是"圣父

圣子"

今天

我(们)质问

"圣父"

"圣子"

本人

无疑

将会(回答)说明——

若是他们

乐意(准备就绪)

当我们渴慕

知晓,

我们也许

成为

更亲密的好友,

胜过

时光里的

交往——

我们慢慢——
明白，我们的
信奉
仅只一次——
完整无缺——
信仰，它不是
那么合适
当频频
更改——

我们不免赧颜
我们（看见）抵达
那个天堂
不可言传——
我们也将
回避
一脸惭愧
拥有
那种奇迹——

1870 年或更晚

这份墨迹草稿有许多用铅笔做的改动，再次
见证艾米莉和苏珊共同创作诗歌。

149

绝妙的魔法
是几何
在魔术师
眼底——

艾米莉——

19世纪70年代初

这是对19世纪60年代末寄给苏珊的一首信
诗的一部分的修改。纸上有一个切口，可能是
为了摆放一朵花。信的背面是苏珊写的购物
清单，其中包括"墨水"和"缎带"等。

150

~~~~~~

啊！无与伦比的

大地，我们

低估

这机遇

栖息于你。

19世纪70年代初

苏珊在1906年写给《斯普林菲尔德共和日报》的一封信中引用以上诗行。

151

我们未遇见

陌生人，

除却我们自己。

19世纪70年代初

152

如果某一天
不值得记忆，
亲爱的苏，你的
牵挂让它
珍贵。

艾米莉

19世纪70年代初

153

起风了

拂过草丛

像女人揉面——

他一只手挥向

平原——

一只手挥向天空。

叶片脱落

飘离了林木——

开启闯荡——

尘土舀起

自己，像手捧一样

又把大路

丢弃——

马车

疾行街上——

雷声轻轻

低语

闪电露出

黄黄脑袋——

青灰脚趾——

鸟儿遮挡

巢穴——

牲口冲进

畜棚——

来了一滴

硕大雨点

好像

拦坝的

双手

突然松开

洪水砸向

天际——

但放过

父亲的宅子

只劈碎一棵树

艾米莉——

19 世纪 70 年代初

154

不让怀疑

我们欢庆

他们今天的

诞生

他们活着

被尊为

圣洁的节日

没有期限，

犹如意识，

也如永恒——

艾米莉

19世纪70年代初

在《艾米莉·狄金森面对面》一书中，玛莎·狄金森·比安奇写道，这封信"随鲜花送来，是给苏的生日礼物"。

155

信赖

胜过契约，

一个静定，

另一个挪移。

艾米莉

19世纪70年代初

156

~~~~~~~~~~~~~~~~~~~~~~~~~~~~~~~~~~~~~

全部——有

附加条款？

艾米莉

19 世纪 70 年代初

157

凝望你，
不宜无聊
聚会。
我
惮于
片刻的
放纵，
麸皮的
盛宴在前。

19世纪70年代初

158

苏，思念你，
是力量。
丧失的刺激
让占有
低俗。
活着总是
持久，但
爱的坚固，
胜过活着。
心不会
破碎，只是
行走更远，
远过永恒。
树木
成天为你

守着房子，

草儿

低眉顺眼。

一只安静母鸡

率一窝

顺从的

小鸡

时常出没——

上午寂然，

一只公鸡轻叩

你家

外面的门。

如此视之，

即浪漫传奇。

小说"过时"，

毫无价值，

且束之

高阁。

除却夏日，

无物离去，或说

没有你的

熟人。
森林
怡然自得——
群山夜间
安详，
正午
倨傲，
一种落寞
流淌，如
音乐止息。

如此神性
失落
我们竟也
收获，
孤寂的
补偿
成全
这般福乐。

告诉内德

我们很想他，

珍爱"吉克船长"。

告诉玛蒂，

蒂姆的狗

辱骂

维妮的猫，我

未加阻止。

她务必赶回，

将两者

一顿狂追，

以便

摆平此事。

不用说，

殷切思念

大玛蒂

与约翰。

我相信

你很温暖。

我将忠诚

看守你的地盘。

纵是人群拥搡，

你钻石的门上，

锁

牢固。

艾米莉

1871年9月

"吉克船长"指的是一首流行歌曲中的水上骑兵，显然是艾米莉对内德的昵称，他喜欢家里的马。"大玛蒂"是苏珊的姐姐玛莎·史密斯，"约翰"是玛莎的丈夫。

1870年初，内德快十岁，玛蒂快五岁，可以伴随苏珊旅行、度假。1871年7月很难熬：两个孩子都得了麻疹，内德身体虚弱，全身不适，在马萨诸塞州的斯普林菲尔德接受医生的治疗。玛丽·鲍尔斯接待苏珊，她在给儿子的一封信中写道："可怜的小内德日子不好过，没有上次神气——他在尽力打起精神……他们下周过来，我告诉狄太太，她最好带着玛蒂，逗留一段时间，她看起来筋疲力尽。"初秋，孩子们陪着苏珊进行一年一度的纽约日内瓦之旅，看望他们的舅舅、舅妈。

159

利落——果断

这是松鸦——

勇敢如送葬人的

颂诗——

干脆而简洁

质地——

每一句

踏实——

端坐枝头

像一名准将

自信而威严——

他的神态

在三月里

如一位法官——

艾米莉——

19世纪70年代初

苏珊也觉得蓝色的松鸦值得一写，并在一首题为《爱》(1884年)的诗作中提到松鸦"低沉、爱意的音调"。

本诗手稿▼

A prompt — executive
Bird is the Jay —
Bold as a Bailiff's
Hymn —
Brittle and Brief
in quality —
Warrant in every
Line —

Sitting a Bough
like a Brigadier
Confident and straight
Much is the mien
of him in March
As a Magistrate —

                Emily

160

我的上帝——他看见

你——

挥洒你的荣光——

抛掷你的

金色子弹

直到每一肘尺

与你嬉戏

每一只新月

承接——

喜悦你脚下的

土地——

在他的原子上

游泳——

哦，太阳，但

求一秒

权利

在你与他

漫长的赛跑里！

艾米莉

19世纪70年代初

161

希望之际，

我惧怕——

因为希望

我不惮

处处孤单

只要教堂

永存 ——

鬼魂不能

伤害

毒蛇不能

迷惑

谁受困过

厄运

谁是厄运

王子。

艾米莉

———

19世纪70年代初

162

我们的

所有

虽属于自己——

还宜

重新贮藏——

牢记

可能性的

维度多重。

艾米莉——

19 世纪 70 年代初

163

死亡

最冷峻的功能

我们恰好

洞察

至高无上

藐视我们——

最稳当的收割

随即

果实

拗于

采摘

却又前倾

赫然在目

洋溢

迷狂的局限

不可获得的

欢喜。

19 世纪 70 年代初

164

姐姐：

我们的分离

繁多

而散乱

我无法

定位

方向。

我只有

小心翼翼，

避免

遗漏。[1]

维妮喝了

你的咖啡，

1　苏珊 1873 年夏天携孩子们去斯旺普斯科特，拜访她的
　　一个哥哥。

略沾

你的神情，

这几乎是

慰藉。

奥斯丁接待

两位访客

疲惫不堪——

泰勒教授

和父亲的

朋友。

我害怕

他们会来

这里。

小圆面包

逃之夭夭——

无疑——

供给的量

不令人满意。

相比流浪汉

爸爸，

内德是更好的

事务长。

小火鸡

煞是落寞，

小鸡携他造访。

他奇异的

脖子在平常

草丛里，古怪如

单峰骆驼。

我料想，

风已惩戒

玛蒂的突兀

帽子上的

蝴蝶结；

大海

莽撞，

侵犯

她的

长袜。

若她的篮子

盛不下

她捡拾的

卵石，我

送一个箱子。

很多人
怀念内德，
他在草堆中
马戏团的神采
倍显
可爱。
贝拉·狄金森的
儿子的男低音
唯一存留。
常细雨蒙蒙，
沁人心脾，
狄更斯家的
玛吉的草坪
鲜绿
如朝臣。
致意你的
兄
嫂——
还有亲爱的
先生们。
自然给予
她的爱——

暮光触摸

阿默斯特，

以黄手套。

偶尔

想我，亲爱的——

无须

念念不忘，

只需

心灵

稍稍念及。

艾米莉——

19 世纪 70 年代初

夏季，当苏珊和家人度假时，艾米莉给她写信。这封信可能寄往新泽西州的朗布兰奇或马萨诸塞州的斯旺普斯科特，下一封信从斯旺普斯科特寄出。

165

苏

的小团体

在周三

寄去一封短信，

父亲却忘记写上

"海洋屋舍"，

估计它仍在

斯旺普斯科特的

邮件里

摸索——

就想告诉她，

我们深爱她——

是小事一桩，

但是，但丁

不以为然

斯威夫特

米拉波也是。

"不是我们

热爱他，是

他热爱

我们。"

简单

一句话

动人心扉

怎可比拟？

艾米莉——

1873 年夏

艾米莉指的是但丁对贝特丽丝的热恋、乔纳
森·斯威夫特对斯特拉的爱，以及米拉波对苏
菲·德·拉菲的爱。结尾引文语出约翰一书：
"……不是我们爱神，乃是神爱我们。"

166

蝴蝶

尊贵尘土里

安卧

却无人

有人

经过坟墓

恭驯

如蝇虫——

艾米莉

19 世纪 70 年代中期

本诗手稿 ▼

The Butterfly
in honored Dust
Assured will lie
But none will pass
the Catacomb
so Chastened as
the Fly —

Emily.

167

不作

每年的离别

我寻思

避免

别离的

落寞。

一切招数

枉然！

你的咖啡

凉了，

未喝，

只苍蝇

随意。

一位独臂者

递送

鲜花。

不是我所有

朴素的想法

沦落如此乖戾

结局。

问候"吉克船长"

他执意拜访。

若不是过于

背离

神意,

也

亲亲

玛蒂。

"上帝是

嫉妒的上帝。"

我想念

火鸡古怪的

面孔——我

一度熟悉的

沉重音符,还有

从前的

小鸡,如今

忘却的母鸡。
我听见
"噗噗"叫声。
可是，这忧伤
过于精致
不足告慰。
告诉玛蒂
泰比逮到
一只老鼠，
它逃之夭夭。
爷爷捉到，它
一动不动。
他是最好的
捕鼠人。
兔子
终日
朝我眨眼，
我眨眼
回敬，他就
推搡
三叶草。
他遗落的

草叶可多，

霍拉斯

捡起来

喂牛。

这是

最后的季节。

不可

推迟的

欢乐

与我们驻留。

但，许多话题

禁止谈论。

沉默是人

最深的惧怕。

一种救赎

在声音里——

然而，沉默

无边无际。

他没有

面孔。

问候

约翰与

玛蒂

妹妹。

1873年秋

这一时期的信件表明，艾米莉和苏珊有一起喝咖啡的习惯。和往年的秋天一样，苏珊正在纽约的日内瓦看望她的姐姐玛莎。引文转述自《出埃及记》："我耶和华你的神是忌邪的神。"（20：5）

168

亲爱的苏——

我

喜欢

在你来的时候

美丽整洁——

你会原谅

我的是不,

我病得厉害。

如果你

在我神清气爽时

再次前来,

我会多么高兴。

艾米莉

19 世纪 70 年代中期

169

如果这一天
不曾有过，
或它
消失不见
何其痛楚，
何其多余，
每一个
日月绵延！

以免挚爱
少些
珍视
什么丧失
添加
分量

它若有
伤痛的
特权，
它珍惜
从前。

艾米莉

19世纪70年代中期

170

亲爱的苏

很高兴

你

身体好转。

我

迫切地见你。

你的信

如一缕清风。

你知道，

《圣经》

选择风

界定

精神。

风

吹起，没有

叶片

微动

任何森林

独自

清冷

交流

鸟的疆域

之外。

风

唤醒

一种寂乐

如别离的

激荡——

19世纪70年代中期

171

琐事——如

生命——如

太阳，我们

在教堂里

深深感恩

但是，挚爱

使之黯然，

没有盟友，

它逝去

悄然

无声。

艾米莉

19 世纪 70 年代中期

172

~~~~~~

别在意

亲爱的——

磨难

有一种激励

远甚美酒

只是它

几乎

禁止，就如

酒水

艾米莉

19 世纪 70 年代中期

173

每一天

两种长度——

绝对

范围

与优越

区域

希望或

绝望赐予——

永恒

是

飞速或

停驻

听从根本

法则的

根本

信号。

死亡即

不要远游——

劫难

完美的

海图

没有新的

地盘标注——

坚守你

原初的自己。

19世纪70年代中期

艾米莉用铅笔在信封的三角形翻盖上写下了
这首诗第二节的草稿："永恒将/是/飞速或
停驻/恰好作为/候选/初步/是——/品格。"
玛莎·狄金森·比安奇指出，苏珊把这首诗别
在她的工作箱上。

本诗信封上的草稿▶

{ Eternity — will
be
velocity or Pause
Precisely as
the Candidate
Preliminary
was—
Character

174

我思忖

风之根是水——

它不会

幽深如许

若来自

朗朗云天——

空气留不住汪洋——

地中海的吟唱——

在洪流的耳底——

是沧溟的

信念

在大气里——

19世纪70年代

175

～～～～～～～～～～～～～～～～

没有一个

被天国欺诈的

驻留——

尽管他似乎

盗取

他以某种温馨

偿还

意志里潜藏——

19世纪70年代

176

丧失我们
从未拥有的
也许是一种
怪异的伤悲
但是，假定
也是折磨，
俨如实际的
剥夺——

艾米莉

19 世纪 70 年代中期

177

~~~~~~

爱的

点点滴滴

赛过

皇皇事迹——

投资的最佳

代理

细微的

每一分厘——

艾米莉

19 世纪 70 年代中期

本诗手稿▼

The incidents of
Love
Are more than
it's Events.
Investments best
Expositor
Is the minute
Per Cents.
Emily

第四部分

永不着陆
（mid-1870s to May 1886）

从19世纪70年代中期到1886年5月15日艾米莉去世，艾米莉给苏珊的书信中充满戏剧性的个人表达和精妙的手稿艺术。本部分开头的引文提出耐人寻味的文学身份问题。语出自莎士比亚戏剧的短条可能是客厅或日历游戏的一部分；艾米莉借助安东尼和霍雷肖等人物之口，传达她对苏珊最深切的仰慕。艾米莉在生命的最后几年寄给苏珊的无数信诗和诗歌，击破了有关两人最后几年断联的谣言。下面文字有很多关于见到和听到苏珊本人的说辞，证明艾米莉生病期间，苏珊在照顾她。

　　这一时期开始于苏珊最小的孩子吉布出生后不久，最让人伤怀的是，吉布1883年10月5日夭折于伤寒，年仅八岁。苏珊的女儿玛莎有言，艾米莉完全与世隔绝是在吉布去世之后，而不是之前，这就纠正了1883年10月是艾米莉唯一一次冒险去见苏珊的说法。根据玛莎所言，艾米莉定期看望苏珊和侄子侄女，她是大草坪上一个独特的存在，或是深夜闪亮的灯光，或是向窗外挥手的身影。在玛莎眼里，姑姑艾米莉是"所有违禁欲望的同盟，是'永不，永不着陆'的灵魂"。

梅布尔最初是苏珊的朋友，她从未与艾米莉面对面交流过，但她后来把自己视为艾米莉人生和作品方面的权威，并编选出版首部艾米莉诗歌集。事实上，正是梅布尔·卢米斯·托德引发了后来有关狄金森传说的诸多谬论。

经历丧子之痛，苏珊因极度悲伤而隐居。艾米莉也不再公开露面，然而，她继续通过书信安慰苏珊，她忠诚如旧，挚爱不改，令人动容。

艾米莉与苏珊这一时期的通信，比较显著的话题是亲友相继离世。首先是1877年伊丽莎白·洛德的离世，她是狄金森家的朋友，常前来拜访。1878年，《斯普林菲尔德共和日报》的编辑塞缪尔·鲍尔斯去世。乔赛亚·吉尔伯特·霍兰，狄金森家的朋友，也是《斯克里布纳》的出版商和编辑，于1881年10月去世。艾米莉的朋友、灵魂知己查尔斯·沃兹沃斯于1882年4月去世。同年11月，艾米莉的母亲艾米莉·诺克罗斯·狄金森去世。1884年3月，艾米莉的朋友奥蒂斯·菲利普斯·洛德法官去世；1885年8月她的文友、笔友海伦·亨特·杰克逊去世。

1883年，奥斯丁患上疟疾，而艾米莉在吉布逝后不久病倒。1884年，她的健康状况恶化，最终被诊断患有肾病，即布赖特氏病。在接下来的一年里，她的病情时好时坏，是苏珊在艾米莉最后的日子里照顾她。悲病交加，艾米莉笔耕不辍，她寄给苏珊的信诗和诗歌深邃、深情，融合情感、回忆与文学典故。

1886年5月15日，艾米莉·狄金森在家中辞世。苏珊整理她的遗体安葬。然后她给《斯普林菲尔德共和日报》写了一篇讣告，公开表达她对这位朋友、邻居和小姑的钦佩与挚爱，她的余生将艾米莉尊为文学权威。在这篇讣文中，苏珊称艾米莉为一位诗人，一个富有同情心的人，赞誉其独具一格的才华以及对所爱之人的忠诚。

178

"埃及——你
懂的——"

19 世纪 70 年代中期

艾米莉和苏珊引用文学典故，评点事件、人
情。这里艾米莉借用莎士比亚戏剧《安东尼
与克莉奥佩特拉》的说法，使用安东尼对埃及
艳后的言辞（第三幕，第十一场）：

埃及的女王，你完全知道
我的心被绳子缚在你的舵上，
你一去就会把我拖着走；你知道你
是我灵魂的无上主宰，
你向我点头招手，即天神之命，
我听候你的差遣。

这可能是基于两人共同喜爱的莎士比亚的游戏的一部分，或者来自每日的莎士比亚日历。

179

~~~~~~

"你知道，
布鲁特斯，
是恺撒
天使。"

19世纪70年代中期

艾米莉再次引用莎士比亚。语出《恺撒大帝》
（第二幕，第二场）。艾米莉曾在写信给《斯普
林菲尔德共和日报》的编辑时说："谁发现莎
士比亚，谁就发现未来。"

180

"忘记
世上
有一个
死
字"。

19 世纪 70 年代中期

语出莎士比亚的《科利奥兰纳斯》（第三幕，
第一场）：

他的心就在他的口头，
想到什么一定要说出。
他一动怒，就会忘记
世上有一个死字。

在这一演讲中，米尼涅斯·阿基帕为朋友科利奥兰纳斯辩护。艾米莉"以莎士比亚立论"，这反映文学对她与苏珊关系的升华。

181

艾米莉以及

她的一切

悉听

苏的安排，

只要让宝宝

舒适。

你若

接受

玛吉，就派

她前来——

妹妹——

1875 年 8 月初

苏珊在 44 岁生下第三个孩子，托马斯·吉尔伯特·狄金森（小名吉布）。这首信诗祝贺他 1875 年 8 月 1 日的出生。"玛吉"是玛格丽特·马希尔。玛吉 1841 年出生于爱尔兰，1869 年开始在狄金森一家做工。她特别保护艾米莉，深得艾米莉的信任。

182

世上
唯一的女人，
请收下
薄荷酒。

19 世纪 70 年代中期

183

些许

疯狂

在春天里

适宜

即便是

君王，

只是上帝

与小丑同在——

他思忖

这壮阔

舞台，

这整片

鲜绿

实验,

就如

他自己!

19世纪70年代中期

184

谢谢你，
亲爱的，为了
"艾略特"
她是
通往印度的
航道，哥伦布
的寻觅。

艾米莉

19世纪70年代

艾米莉向苏珊致谢乔治·艾略特的新书《丹尼尔·德隆达》。在给托马斯·希金森的一封信中，艾米莉提到"'苏'把它偷偷藏在我的枕头下"。

185

并非知悉，

力量萌生，

惊喜的

衣裳

我们羞怯

母亲的装束

在家——在

天堂——

19世纪70年代中期

186

老鼠

是

最简约的

住客。

他不付

房租。

摒弃

责任——

专注

谋略

挫败我们的

诡计

或窥探

或围攻——

嫉恨无从

伤害

对手

悄无声息——

法令无从

禁止

合法又

平衡。

19 世纪 70 年代中期

187

信实到

永远

修订的

天国

条款

坚贞附以

条约

坚贞

憎恶——

19世纪70年代中期

188

苏珊知道

她是塞壬

只要

她一句话，

艾米莉

失去正直——

请原谅

今晨的

粗鲁——

顷刻间，

我被瓦解——

这

世界敞开

闭合，就像

蜡偶的

眼睛——

—

1876 年或更晚

189

愈合的心

展示浅浅

疤痕

辅以戚戚

哀叹——

无常

无从修补

是布料

支离破碎——

自行

缓缓恢复

羞于

窥见

诚挚的是

背弃，

真过如此

忠贞——

1876年或更晚

190

我们思念的

不是

摇曳肉身，

是那

不变的心，

它

跳动

千年，

只因爱

而折腰，

它的激情

是电桨，

载它

穿过坟墓，

我们自己，剥夺

特权，

无所慰藉

揣测——

1876 年或更晚

这首诗第一页的前三分之二被剪掉。苏珊有
可能删除一些她认为过于私密的内容，或者
把这几行诗贴在她的某个剪贴簿中。

191

声音

背叛

也许损害

欢乐——

呼吸——

侵袭

狂喜

来临的

圣洁——

19世纪70年代中期

192

青蛙

浩叹

夏

日

引人沉醉

遐想——

漫天声浪

消退

氤氲一片宁静

让

疲倦的耳

冷然

解脱——

19 世纪 70 年代中期

193

接受

之耻——

缓解，只因

念及

罪行

互换——是

双方解药。

艾米莉

19世纪70年代中期

194

苏——

这最后的

花——

消散

却无

损耗

光泽

变幻

眼眸

无从

分辨

它是去

是留

也许——只是

落日——

艾米莉

19世纪70年代中期

195

拥有

我的

苏珊

已是

喜乐——

无论什么

领地

夺去，主啊，

让我在此

永驻！

艾米莉

19 世纪 70 年代末

196

苏珊

依然陌生——

最常提及的

人群

从未丈量

她鬼屋

也无损其

幽魂——

怜惜

众人不识

又有

憾恨

相从者众

知悉

越少

靠她

越近——

艾米莉——

19世纪70年代末

本诗手稿▶

But Susan is
a Stranger yet.
the Ones who
Cite her most
Have never scaled
her Haunted House
Nor Compromised
her Ghost.

To pity those who
know her not
Is helped by the
regret
That those who
know her know
her less
the nearer her
they get.

Emily.

197

我的创造者——

让我

痴迷

你——

但越靠近

这

我错过

更多——

19世纪70年代末

198

三月
盼望
之月。
我们
未知的
事物——
发表预见
的人
即刻
莅临——
我们希冀
仪态得体
镇定——
奔涌的
欢欣

按捺不住，如

男孩

初次

许婚的

喜悦。

19 世纪 70 年代末

199

危机甜美
心
却在这一边
有希冀的盼头
于被拒的住客

问询闭合的玫瑰
她欢喜——何种狂喜
她一声叹息——指向
那掐断的蓓蕾——

19 世纪 70 年代末

200

（115）
春天的
洪流
＋拓展每颗
心灵——＋浸没
它把住宅
席卷——而去
只留下
一片水域——

临此
心灵起初
＋疏离——＋惊起
寻觅——＋隐隐
岸堤——＋悠悠

一<u>旦</u>习惯

不再渴慕

那片岛屿——

＋浸没——

＋（暗自寻觅

岸堤）

19世纪70年代末

"＋"号以及待选择的词语标识艾米莉的写作
与修改的过程。草稿的交换再次表明，艾米莉
在诗歌创作的不同阶段均有苏珊参与，展示
未完成的作品，期待苏珊的反馈。

本诗手稿▼

the inundation of
the Spring
+Enlarges every
Soul. +Submerges
It sweeps the
tenement+ ~~away~~
But leaves the
Water whole.

In which the
Soul at first
+estranged. +alarmed
Seeks +faintly for
its' Shore: softly
But Acclima- gropes
ted. pines no more
+or ~~Its'~~ peninsula
  that

+Submerged-

+Seeks furtive
for its' shore

loses sight
of aught
aught

201

亏欠

额度

少，我们偿还；

若亏欠

太多

资不抵债，

则

索性

破产。

溢美之词

委实廉价

倘若

无人

笑纳。

它已支付

他——自己。

艾米莉

19世纪70年代末

202

我必须等
些时日
方可见你——你
非同寻常。
请相信
这是崇拜，
而非冷漠。

艾米莉

19世纪70年代末

203

苏珊——

无论谁赐福，

你总是

最后——赐福——

让天堂之

天堂——贫瘠

乏味——

珍惜力量——

亲爱的——

牢记

《圣经》里

力量伫立

天国与

荣耀之间，因为

它比两者

都要

宽广——[1]

艾米莉——

19 世纪 70 年代末

1　《马太福音》6.13："不叫我们遇见试探，救我们脱
离凶恶，因为天国，权柄，荣耀，全是你的，直到永远。"

204

苏珊——

最温馨

之举索取

又拒绝感激,

沉默是

一切荣誉之所在——

于那些

珍视沉默者,

它足够

美妙——

在停止猜测的

人生,

你我

都不自在——

19世纪70年代末

这首信诗第二页的底部被撕开，很可能是苏珊把署名撕掉，用作礼物或粘贴在剪贴簿上。这在19世纪是常见的做法。

205

心有所念
空落，
只是伊人身影。
别人眼里，这
并无一人——

19世纪70年代末

206

苏——

如你可爱，是

扣人心弦的

角逐，也如

围攻

伊甸园，不切实际，

伊甸园

决不投降——

艾米莉

1876 年或者更晚

207

苏珊——我梦见
你，昨晚，
寄来
一朵康乃馨
予以确认——

俄斐的姐姐——
啊！秘鲁——
奇妙的价格
购买
你——

1876年或更晚

在艾米莉最近的这份晚期的手稿中，"Y"看起来像"S"，所以第二行和最后一行中的"you（你）"看起来像"Sou"或"Sue"。"俄斐"是《圣经》中一个盛产黄金和宝石的地方（《列王纪上》）。

208

机密——

伪造品——

镀金货——

我不愿意——

无论什么深层

邪恶

我的天性潜藏——

真实是好的

健康——

安全，以及

天空。

何其贫瘠，哪堪

流离——是谎言，

响彻天地——当

我们一命归西——

洛斯罗普——

19世纪70年代末

艾米莉的这封信诗署名"洛斯罗普"，指的是查尔斯·德克斯特·洛斯罗普牧师，他被女儿指控家暴。从1876年到1879年，苏珊和奥斯丁都参与此案，支持女儿的主张，声援塞缪尔·鲍尔斯和《共和报》对此案的报道。洛斯罗普控告《共和报》犯有诽谤罪，并胜诉，获赔一千美金。庭审期间，曾有秘密投票是否将此人逐出阿默斯特第一公理教会，但不了了之。为了避嫌，玛莎·狄金森·比安奇在1924年出版这首诗时，把"洛斯罗普"的署名更改为狄更斯的小说《马丁·翟述伟》中的伪君子"佩克斯列夫"。

209

姐姐说到

斯普林菲尔德——

"总是"的

开始

比结束可怖——

那系之

以闪烁的

身份——

他的天性是

未来——

他从未

活过——

大卫的路线

简单——

"我必

往他那里去"——

艾米莉

1878年1月

"斯普林菲尔德"指的是塞缪尔·鲍尔斯，他
于1878年1月16日去世。艾米莉在好友的葬
礼后寄了这首诗给苏珊。她在书中提到《旧
约》中的《撒母耳记》，大卫的儿子死后，大
卫说："现在孩子死了，我何必禁食呢？我能
使他回来吗？我必往他那里去，他却不能回
到我这里来。"（《撒母耳记》）

210

那些怀疑

重生的人

从未

活过——

"重"意味

两次

但这——是一——

船

吊桥之下

搁浅——是吗?

死亡——如是——连接

大海——

幽深的是

未来

圆盘的

安排——

赤裸无衣的意识，

就是他——

19世纪70年代末

苏珊在这首信诗的底部写着"读给朋友听"。
苏珊有兴趣与他人分享艾米莉的诗歌，她向
梅布尔·卢米斯·托德介绍艾米莉的作品。托
德是艾米莉第一本诗集的编辑，也是奥斯丁
的情人。在1882年的日记中，也是与奥斯
丁开始婚外情的前一年，卢米斯·托德写道：
"下午去了狄金森家。她给我读了艾米莉·狄
金森的一些奇怪的诗。非常震撼。"

本诗手稿▼

those not live
yet
Who doubt to
live again.
"Again" is of
a twice
But this - is one -
the Ship beneath
the Draw
Aground - is he?
Death. so - the Hyphen
of the Sea -
Deep is the
Schedule

Of the Wish
to be.
Costumeless Consciousness
~~That~~ is He.

                Faster.

211

~~~~~~

如此欢乐的

一朵花

刺痛

心灵

仿佛是

悲恸——

美——可是

一种折磨?

传统

理应知晓——

19 世纪 70 年代末

212

艾米莉怜惜

苏珊的日子——

独具一格

在纷繁的

境遇里，是

适宜的英雄气概——

舆论

瞬息万变，

真理，比太阳

久长——

若不可

拥有两者——

采撷

地老天荒——

艾米莉

19世纪70年代末

213

～～～～～～～～～～～～～～～～～～～～～

为姐姐的艰辛

而难过——

"当我来时，

让我为你受难，

放我走，

当我离去。"

艾米莉

19世纪70年代末

214

德尔莫尼科夫人

餐馆的食物

非常可口——艺术

有画架，也需要

"品尝"——

苏珊打破

众多戒令，

唯独遵守一条——

"无论你做什么，

为荣耀神而行"——[1]

苏珊将被

救赎——

1　《哥林多前书》10：31："所以，你们或吃或喝，无论做什么，都要为荣耀上帝而行。"

感谢她——

艾米莉——

19世纪70年代末

对艾米莉来说，苏珊的美味晚餐让她觉得纽约的时尚餐厅德尔墨尼科就在隔壁。保罗的训诫，"所以，你们或吃或喝，无论做什么，都要为荣耀上帝而行"（《哥林多前书》10：31），用新约的文字极言苏珊晚餐的品位之高。苏珊的食谱描述了"二月晚餐"，包括"鱼子酱和烤面包，百慕大洋葱/半壳牡蛎；芥末；黑面包和黄油/清汤，配泡面/三文鱼丁包/蛋黄酱心/奶酪壳奶油芹菜/烤羊肉/法国豌豆；土豆心/生姜果子露/烤鸭胸/橙子片和菊苣/大冰淇淋心/冰冻玫瑰；花式蛋糕/布里干酪、烤薄饼；咖啡"。

215

苏珊——
小而漫溢的
词语
任何人，听见，
推测出
激情，或者
泪水，
千秋万代
逝去，
传统成熟
凋谢，
仍
痛彻心扉——

艾米莉——

19 世纪 70 年代末

216

掠夺的

甘美，所知者

仅限

盗贼——

对正直的

同情

他最圣洁的

伤悲——

1876 年或更晚

艾米莉很可能把这首诗寄给了苏珊和侄子侄女，尤其是内德。1880 年秋，内德入读阿默斯特学院。他身体虚弱，罹患癫痫，在家中修读部分课程。艾米莉这段时间给他寄去几首诗和几张短笺，其中之一逗他道，"你偷的那块派——嗯，这是那块派的兄弟"。

本诗手稿▶

the Prosts of

Pillage, can be known

to no one but

the thief.

Compassion for

Integrity

Is his divinest

Grief.

217

月亮

流畅行迹

不凝结成路——

星星

伊特鲁里亚的论调 [1]

证实上帝——

如果目标驱动

这些星辰

它们许可

获悉

获悉有什么

终将使之

---

1   伊特鲁里亚：意大利中西部古国。

湮没——

恰如晨曦
遗忘它们——
此刻——

19 世纪 70 年代到 80 年代

218

魔鬼——若

忠诚

是最好的

朋友——

因为他

强干——

群魔无可

挽救——

背叛是

美德

若他愿意

放弃

魔鬼—— ＋无疑

彻底

神性

19 世纪 70 年代至 80 年代

219

苏珊

活着——

就是一个宇宙

来来

往往

不可替代——

1880 年春

1880 年春，苏珊和奥斯丁双双身体抱恙。奥斯丁身患疟疾，这病他得过两次，而苏珊患有如朋友所言的"神经衰弱"。为了恢复体力，她前往罗德岛的普罗维登斯休养两周，然后在波士顿与奥斯丁和内德见面。艾米莉很可能在苏珊回到阿默斯特后给她寄去这首信诗。

220

~~~~~~~~~~~~~~~~~~~~~~~~~~~~~~~~~~~~~~~

苏珊姐姐

心胸宽广

蔼然可亲

艾米莉希望

配得上她，

却不是现在——

19世纪80年代初

221

"谢谢"一语

消退，你我之间，

然而，感激的

根本缘由

深厚

诚挚——

艾米莉

19世纪80年代初

222

苏珊——我会
从伊甸园出来，
为你大门敞开
若我早知
是你。
你一定要敲响
吹起喇叭
就像加百列，
他的手
纤小如你手——
我知道他敲门
离去——
我没敢做梦
你也是——

艾米莉

19世纪80年代初

艾米莉提到大天使加百列。玛莎·狄金森·比安奇指出，姑姑有时会称呼母亲苏珊为"我从未逃避过的你"。艾米莉为未能会见苏珊而道歉，这暗示其他场合她与苏珊会面。这表明在艾米莉生命的最后阶段，她和苏珊一直保持面对面的交流。

223

回忆小
男孩在世时——
"你不是在追
猫咪吧?"维妮问
吉尔伯特。
"不是——她在
追赶她自己"——
"她不是
跑得特别
快"?"嗯,
有时慢,
有时快"
这家伙花言巧语——
猫咪的死敌
不寒而栗——

谈及"银发

无赖"!

你的淘气包

论诡计

比埃及的斯芬克斯,

还要古怪——

你留意到

格兰维尔致信

罗威尔吗?

"陛下"

考虑过你,

保留

其决定!

艾米莉——

19世纪80年代初

艾米莉描述妹妹拉维妮娅和小侄子吉布之间的俏皮交谈,同时提及詹姆斯·罗素·罗威尔。1880年,他担任驻英公使,同年,格兰维尔伯爵二世接管外交部。

224

苏珊。
感激一人的
温暖，也许
可行；但感激
辽阔无垠
不见踪影——
幻影之
争逐

艾米莉

19世纪80年代初

225

我"不夸耀"
"明日"
因为"不知"
一个正午
"将带来
什么"——

19世纪80年代初

艾米莉改编《旧约》中所罗门的一句箴言："不要为明日自夸，因为一日要生何事，你尚且不能知道。"（《箴言》27：1）在艾米莉所有的信件和诗歌中，"正午"或"白昼"常象征事件的高潮。这首信诗中的语汇可能是艾米莉和苏珊正在玩的部分文字游戏，或者暗指欲望。

226

就如

直布罗陀的

气息，再次

听到你的声音，

苏——你的

语词

坚不可摧，无须

支柱，傲然兀立——

内德的

面包，我

周三晚上

送来，除非

他想要更早——

若此，

让他轻声

告我——

艾米莉

19世纪80年代初

227

多么振奋

隐而不露的

心灵，是《圣经》

那些言辞，

"我们赞美你，

你

把这些隐藏"——

率真——我

清淡的友伴——

不再前来

与我游玩——

心灵的，

没药

与咖啡

是它的

邪恶——

艾米莉

19世纪80年代

尽管艾米莉不是真正的信徒，但她经常以隐喻的方式挪用《旧约》和《新约》的语言。这封信诗提及《马太福音》（11：25）："那时，耶稣说，父啊，天地的主，我赞美你，因为你把这些事向聪明通达人隐藏起来，而向婴孩们显明出来。"

228

附寄我

自己的，两个回答——

没有一个

如此无瑕

如此强劲

如她——肌腱

与白雪

融合——

感谢她的

所有承诺——

我也许

需要的——

感谢她的

探访

送来力量，

一片雪崩的

阳光！

艾米莉——

19世纪80年代

这首信诗呼应二十年前艾米莉于19世纪60

年代写的诗《我送走两个日落》。

229

亲爱的苏——

莎士比亚

以外，你

教给我

最多，

绝无生者可比——

此语真诚，有些

奇怪，却是赞誉——

19世纪80年代初

230

若"阿拉比"

读过

朗费罗，他

绝不会

被捕——

赫迪夫

"折叠

帐篷，如

阿拉伯人

悄无声息

溜走"——

1882年9月

"阿拉比"指的是埃及起义军艾哈迈德·阿拉比·帕夏，1882年9月13日，他战败于泰勒凯比尔之战。1867年至1914年，赫迪夫担任土耳其驻埃及总督。艾米莉引用朗费罗的《白昼已尽》评论时事。

231

没有一位准将

一年

四季

热心公益

如松鸦——

是近邻——

也是勇士

高亢的欢乐

驱赶疾风料峭

而我辈瑟瑟

二月天里——

这宇宙

兄弟

绝不会卷

无踪影——

白雪与

他亲密——

我常见

两两嬉戏

当苍穹俯瞰

我辈

严厉阴沉

我忍不住

致歉

受辱的天空

其傲然蹙额

滋养

松鸦的勇猛——

无畏的头颅

高枕

辛辣的

万年青——

饮食——简洁

肃杀——

未知的——醒神

之物——

品格

催人进取——

未来

存在争议——

永生

诚然不公

将

这近邻

遗漏——

1883 年春

232

我的大姐姐

可愿接受

一份小小的

挚爱，怯怯

低问

它不会再有？

苏珊的拜访

就像安东尼的

晚餐——

"支付

一颗心，

只为眼睛

的盛宴——"

艾米莉——

19世纪80年代

诗中的引用出自莎士比亚，伊诺巴布斯形容安东尼用渴望的眼神凝视着克莉奥佩特拉的那一瞬间："他支付一颗心，只为眼睛的盛餐，作为一席之欢的代价。"（《安东尼与克莉奥佩特拉》，第二幕，第二场）

233

成为苏珊

是想象，

已经是

苏珊，梦幻——

那圣多明各的

深度，那

炙热的

精神！

艾米莉

19 世纪 80 年代

艾米莉在此提到圣多明各，该地以朗姆酒和
19 世纪血腥的奴隶起义而闻名。

234

亲爱的苏——

永生

之境，

已然

实现——

最终，

深度测定，

多么简单！

是旅客，

而非

大海，

让我们惊诧——

吉尔伯特欢喜

置身奥秘——

他的生命

与奥秘一道律动——

因某光亮的

胁迫，他嚷道，

"别说，艾米莉

姑姑"！而今

我飞升的玩伴

还请教导我。

咿呀絮语的

导师，指引我们，

通往你的路途！

他不识

片刻困厄——

他的生命

福赐满溢——

旋舞托钵僧

的玩乐，

莫若

他那般狂野——

这孩子

不是缺月——

他从满月

启程——

翱翔,

永不坠跌——

我窥见他,

在星星里,

万物飞逝,

遇见他的

轻捷——

他的生命

宛如号角,

顾自

嘹亮;

他的挽歌

回荡——他的安魂曲,

是狂喜——

晨曦

与正午合一。

他何必

等待,

只有黑夜

伤害,他将黑夜

留给我们——

不加思忖,

我们的

小小埃贾克斯

跨越一切——

前往你

光的

晤约，

只留我们

伤悲——

久久跋涉

神秘之渊

你只

凌空一跃！

艾米莉——

1883 年 10 月

1883 年 10 月 5 日，苏珊和奥斯丁七岁的儿子
吉布逝于伤寒。苏珊因儿子夭折悲恸欲绝，退
隐一年多，未踏出家门一步。艾米莉也随即隐
居。为避免家人伤感，另外两个孩子，玛莎和
内德，不再提及弟弟的名字。

235

也许，

悲戚的心

愿向

一朵花儿

敞开，她

不请

而祈，

无声

奉献。

艾米莉

1883年10月初

236

亲爱的苏——
一个承诺
比一个希望
坚固，即便
承载
不多——
希望，没有
地平线——
敬畏，是
向我们伸出
第一只手——
绝望的
初雾，
不许永驻——
那将

闭合精神，

没有斡旋

有效——

历经

浩大虚空，与

神秘贴近，将

篡夺其领地——

行进

在黑暗中，如

负重之舟

夜航，虽然

没有路线，也是

广漠无垠——

空间不会

丧失——

并非欢悦，但

判决

是神祇——

他的场景

无限——

传言之门

闭合

严密

不待我的光线

播撒，

即便

预测的推挤

也不留

痕迹——

你

开启的

世界

因你关闭，

并不孤寂，

我们全都

追随你——

缓缓

逃逸

朝你的光辉

领地——

帐篷

谛听,

童子军

杳然无踪!

艾米莉——

1883 年 10 月初

237

爬去

触及

昂贵的心

他

珍之惜之,

他破碎了心,

惧怕惩罚

匆匆逃离

尘世——

艾米莉——

1883年10月

238

心
有许多门——
我只能
轻敲——
任何细柔的
"请进"
催人
倾听——
不为拒斥
戚悲，
一场盛宴，于我
某个地方，
存在，
至高无上——

艾米莉

1883 年末

本诗手稿▼

The Heart
has many Doors—
I can but
knock.
For any sweet
"Come in"
Impelled to
hark.
Not saddened
by repulse,
Repast to me
That somewhere,
there exists,
Supremacy—

Emily—

239

真心

感激姐姐，

为感恩节的

两只公鸡

预留了房间——

玛蒂几乎

与你同在——

第一段

黑暗，

最浓最密，亲爱的，

过后，光亮

颤抖着渗入——

你问我可愿

永驻？

义无反顾，苏珊——

我不知

其他可能——

空气看似

离散，还

请试试

杠杆——

艾米莉——

1883年11月末

502

240

有两次，当

我那鲜红的

花儿绽放，

吉尔伯特敲门，

挥着可爱的

帽子，询问

他是否可以

摸一摸——

可以，还可

采摘一些，我说。

骑士风范

却让他束手；

而且，他

撷取的是心，

不是花——

有些利剑

只刺伤

击中者，

此剑

<u>唯独</u>不伤他，

他

一身盛装

逃逸，

杳无踪迹，

一座墓冢——

艾米莉——

1883 年末至 1884 年初

241

亲爱的苏——
我
非常惊艳，
天啦！
莫非她不属
精神的
血统？我知道
她美丽非凡，
我知道她
有王者风范。
既然她
被圣化，
我岂可妄猜？
我几乎没有
见过她

自从她的深眼睛

从你的怀抱

送至她感恩不尽的

祖父的怀里。

她有一种奇异的

信赖——望她

获救——

精神的拯救，

继以灵魂的拯救。

圣母马利亚

和孩子

走下

那幅肖像，

目睹此容，

创造

匍匐在地——

我将保守

秘密——

艾米莉——

约1882年

这首信诗可能指的是苏珊女儿玛莎写给艾米莉的诗。

242

亲爱的苏——

你在精神上

细微的关照，

美好如

骑士风范——

于我，这是

一个闪亮的词，

虽我不谙

其义——

我有时

念及，

我们行将逝去，

匆赴

那颗心

我该如何索求？

艾米莉——

19世纪80年代

243

我不觉

背弃，亲爱的——

请开采我的矿井，

当成你自己的，

只是更加

不遗余力——

我几乎

难以置信

那部奇书

终于

动笔。

仿佛是

对太阳的

回忆，当正午

离去——

你可记得，

他蓦地

揪出一个论题

又飞快

丢弃之，

别人瞠乎其后，

捡拾，

凝望，一脸茫然，

见状，

欢快的神采

漾溢他的眼眸，

此情此景，无法重现——

虽然

沧海

沉睡，

犹自

幽邃，

我们毋庸置疑——

没有踌躇的

上帝

点燃这座

宅邸

复又扑灭——

我好想
找到
沃林顿的文字。
但是
几周
虚弱，我的
宝藏
一片凌乱，
无从觅见——
我揣想，
罗宾逊先生
可能留在
冷清里，
细味幽趣，
当众人
离去——

亲爱的，请铭记，
你的终极
问题，

我的回答只有

斩钉截铁的

"是"——

矢志不移的——

艾米莉

约1884年

"奇书"以及"对太阳的回忆"指乔治·S.梅
里安所作传记《塞缪尔·鲍尔斯的生活和时
代》（1885年）。在"请开采我的矿井，/当成
你自己的"中，艾米莉告诉苏珊，她不介意让
梅里安获悉朋友塞缪尔·鲍尔斯的个人信息，
这些信息是艾米莉自己透露的。这封信诗表
明，艾米莉仍在哀悼、颂扬鲍尔斯的人生。她
在思考威廉·S.罗宾逊（《斯普林菲尔德共和
日报》中被称为"沃灵顿"）的话："这种生
命如此美好，似乎不可能被死亡完全打断。"

244

亲爱的苏——

我收到的

最甜美的

口信之一，是：

"狄金森夫人

送给你这

鲜红的花，

嘱我

转告你

她想

你。"

权且

篡夺你的

版权——

我应把此语

重新给你，但

每一个声音

都是它自己——

艾米莉 ——

19 世纪 80 年代

245

竟有

花朵

鄙劣如许，

刺伤

我的苏珊，

我难以

置信——

"要尝

蜂蜜，

先受蜇"，此语

早该消亡

与伊甸园一道——

选择花儿

她们没有

利齿，亲爱的——

剧痛过后

是平静——

妹妹——

约1884年

这首信诗很可能在指奥斯丁与梅布尔·卢米斯·托德的婚外情，当时距吉布之死还不到三个月。梅布尔曾是苏珊的朋友。

246

清晨

来临

也许偶然——

姐姐——

黑夜临至，

庄肃无比——

相信

卡片的

末行

取消信仰——

信仰即疑惑。

姐姐——

展露我

永恒，

我报以

记忆——

两者装在

同一行囊

再次

提起——

成为苏珊，

当我是艾米莉——

下一回，成为

你一直

体现的，无限——

19 世纪 80 年代

247

没有言辞
波光粼粼
如姐姐的——
银辉闪耀
的妙语，
引人欢然
追寻——
芜杂
俯拾即是，
矿藏的
唯一学徒，
钟情纯粹
之物——

艾米莉——

19世纪80年代

248

告知
从未忘却婉转的
苏珊，每
一个火花
铭刻——

我听见
最遥远的
雷霆
比天空
更近，
寂寂
轰鸣，
纵是炎炎
正午

已将

弹药

收起——

艾米莉——

19世纪80年代

这首信诗反映了19世纪把电及其摩擦力视为
生命力的观点。

249

谁在寻觅

我夜晚的枕边，

平常

审视的脸。

问询"你做了"

"你没做"

这是"良心"，

童真的

守护者——

她霸气的

手

抚摸我的

发丝

瑟缩的我——

"所有"无赖

"都将

领取"

所谓——

上帝的

磷光——

19世纪80年代中期

艾米莉暗指《新约》的语句："唯有胆怯的、不信的、可憎的、杀人的、淫乱的、行邪术的、拜偶像的和一切说谎话的，都将领取烧着硫黄的火湖里，这是第二次的死。"（《启示录》21：8）

本诗手稿局部▶

Who is it seeks
my Pillow Nights,
With slain in-
specting face.
"Wilt see" or"
"Wilt see not,
To ask,
'Tis "Conscience"
Chilahooa's
Horse -

With martial
Hand she
strokes The
Hair
Upon my

250

亲爱的苏——
我写给你的
短笺，
无一堪比
你的男孩
离别之际
叮嘱——
"你可会
照顾妈妈？"

艾米莉

1885 年夏

这封信很可能是艾米莉写于内德去阿迪朗达克山脉的普莱西德湖度假前。此时，艾米莉所患的布赖特氏病已经缓解。1884 年秋，她病得很重，同年晚些时候康复，1885 年夏天一直安好。

251

世界

不曾

知悉她，

我却知悉，

这是耶稣

可爱的吹嘘——

幼小的心

不会破碎——

它惩罚的

心醉神迷

慰藉

宽大襟怀——

从地狱

爬出，

再次坠入——

此即人生，

可不是，

亲爱的？

我们之间的

纽带

纤细；但

发丝永不

消融。

爱你的

艾米莉

1885 年末

1885 年 11 月，艾米莉再次病倒。这首信诗表
明，即使死亡也不能将艾米莉与苏珊分离。

252

亲爱的苏——

晚餐

精致

奇特——

我已享用，

不无内疚，

仿佛在

吞食一片美景——

只是花儿过于

欢畅，我且为

鸟儿留着。

温柔的

感激你——

我常祈盼

你有所好转——

阿尔卑斯山下

多瑙河流淌——

1885 年末

这份手稿被撕去一部分。附在这首信诗之后
的是苏珊写在蓝格纸上的短条，上面写着：
"签名取出，赠予一位苦求的朋友。"赠送签
名在 19 世纪很常见。该签名来自艾米莉晚期
的信件，是苏珊特别珍贵的礼物。

253

我正写下

这些文字给你:

"苏珊直面

海湾的

气流。"

维妮进门,

带来海的气息——

我敢说

这是偶然?

你可记得

"霍拉旭"

听到什么私语?

艾米莉——

1886年

艾米莉通过莎士比亚《哈姆雷特》中的暗示向苏珊传达心情，当时霍拉旭听到有关战争和厄运的谣言。

254

每种慰藉

多么美好!

这漫长,

短暂的, 苦行

"即便重获

自由, 我亦

一声叹息"

艾米莉——

1886 年初

据苏珊的女儿玛莎说, 这首信诗是 "最晚的
文字之一"。艾米莉引用拜伦的《锡隆的囚
徒》的最后几行。在艾米莉病危期间, 苏珊一
直看护她。玛莎·狄金森·比安奇描述了艾米
莉逝世的前几个月: "冬天剩下的时间是在乡

下度过，阅读书籍、听音乐，仍然有意识地适应四口之家而不是五口之家。苏珊与我们相处时尽量表现得开心，我们知道她不仅自己没有振作，也在担忧艾米莉姑姑。我们像往常一样往来传递小纸条。"

尾　声

艾米莉·狄金森于1886年5月13日或14日失去知觉，并于5月15日傍晚6点刚过逝世。据诊断，她卒于布赖特氏病引发的肾衰竭。

艾米莉去世时，与拉维妮娅在一起的一位狄金森家的邻居朋友对她儿子如此描述："我刚吃过晚饭，维妮便传话来——我若过去，就能看到艾米莉小姐——得此殊荣，我满心欢喜——相比妹妹，她长得更像哥哥，有一头浓密的红棕色秀发和灵性的面容——她身穿白袍——颈边放着一束紫罗兰……苏和艾米莉早年交好，让苏来料理一切，维妮完全放心，因为她知道苏会把每件事都尽力办好，且有品位。"

不出所料，是苏珊裹好艾米莉的遗体，"在艾米莉的颈边摆放紫罗兰和一枝粉色凤仙花，在白色棺材上铺满紫罗兰和石松"并"在墓穴两侧垫上树枝"。苏珊在艾米莉弥留之际写下悼词。由她撰写的讣告《阿默斯特的艾米莉·狄金森小姐》刊登在《斯普林菲尔德共和日报》上，公开表达对挚友的敬意。苏珊在回忆录中描绘的艾米莉是一位坚韧不拔、才华横溢、爱意满怀的女性，她一生都在思考和写作，全心全意地对待家人，打理家务，融入当地社区。

阿默斯特的艾米莉·狄金森小姐

周六，已故爱德华·狄金森之女，艾米莉·伊丽莎白·狄金森小姐于阿默斯特与世长辞，这对长期居住在这栋旧家宅周围的小圈子而言又是一件伤心事。它唤起被"死神"遗忘的一代人心中久远的回忆，出入那里的人会想起过去的时光：那时，父母和孩子共同成长，过着平平淡淡的生活，没有大喜大悲。尽管阿默斯特的人们久闻其避世隐居、惊才绝艳，但是除了村里年长的居民，很少有人认识艾米莉本人。在村里生活的许多家庭，无论身处哪个阶层，经常会收到她为病人和康健者准备的水果、鲜花和美味佳肴，他们将永远怀念她的无私关怀，对她的闭门不出、谢绝访客感到深深的惋惜。艾米莉天性敏感，不愿与外界有过多个人接触，随着身体每况愈下，她越发形影自守，怡然自乐。此后，正如有人所言，她"坐在自己的火光中"。艾米莉不是对这个世界失望，不是直到过去两年才成为病人，不是因为缺乏同情，不是因为没有能力从事某项脑力工作或社会职业——她的天资如此卓越——因她拥有"一张灵魂之网"，正如勃朗宁所言，这具身体，着实罕见，但家中神圣而宁静的氛围恰是其施展所长、专心写作的适宜之所，所有的一切都不容亵渎。人们只能说她"恪尽职守"；她悉心培育温室里的稀有花朵，进入温室，如同进入天堂，没有什么东西可容玷污，寒冬或艳阳，花朵永远绽放，她深谙身上微妙的吸引力；对待家人，她温和宽厚；对待家仆，她彬彬有礼、平易近人；她交友甚广，对待国内外或悲或喜的朋友，她回应迅速，内容翔实。对艾米莉而言，她天性的这一面是其赖以栖息的真正实体，她的天性如此简单又强烈，家庭才是其心中的圣地。

艾米莉的谈吐和文章与众不同。虽然她从未发表过诗作，但仍有一些热心的文学友人时而把爱变成偷窃，致使几首经秘密渠道获取的诗作付梓出版，同时还通过其他途径流传于世。因此，许多人都能自然而然地看到并欣赏其诗作，进而一些知名人士频频拜访，希望她可克服自己的天性，至少答应偶尔向不同杂志投稿。艾米莉甚至婉言谢绝海伦·杰克逊夫人与她合作创作无名系列小说的诚挚邀请，可她的一部小诗却不知何故误入该系列的一卷诗集。即便像"梅西·菲尔布里克的选择"这样引人入胜的故事，她的作品也不适宜被选入，尽管大部分文艺人士都不愿相信非其本意。"她的马车搭上星星"——谁能和这样的探险家一起骑马或写作呢？她的智慧是大马士革刀片，在阳光下熠熠生辉。她那诗意盎然的即兴狂喜如同正午时分，在六月的树林里那看不见的鸟儿的婉转之音。艾米莉像魔术师一样捕捉大脑中的朦胧幻影，并将之栩栩如生地呈现给朋友。他们沉醉于其简洁、朴素与深度，也为她轻而易举地让那些迷人的幻想可感可触，自己却笨手笨脚，无从捕捉，不免憾恨。她深深地热爱着大自然，似乎能与三月的天空、夏日和鸟鸣融为一体。她的文学品位机敏非凡、兼收并蓄，她在图书馆里搜寻莎士比亚和勃朗宁的作品；她的直觉和分析能力就像电火花一样敏捷，能够瞬间抓住核心，并几乎迫不及待地想用最少的词表达她的妙悟。对艾米莉来说，生活是丰富多彩的，一切都因上帝和不朽而璀璨夺目。没有信条，没有形式化的信仰，几乎不知教条的名称，她以老圣徒般的温和与虔诚，以受难时歌唱的殉道者般的坚定步伐，走完这一生。有什么比她自己的话更能说明这"珍珠壳中火之灵魂"的飞逝？——

这样的早晨，我们分离；
这样的正午，她起身；
先是颤动，随后坚定，
愿她安息。

图书在版编目（CIP）数据

温柔亲启：艾米莉·狄金森与苏珊·亨廷顿·狄金森私信集 /
（美）艾伦·路易斯·哈特，（美）玛莎·内尔·史密斯编；李千末译.—北京：
中国工人出版社，2023.8
ISBN 978-7-5008-7999-2

Ⅰ.①温… Ⅱ.①艾…②玛…③李… Ⅲ.①书信集－美国－现代 Ⅳ.①I712.65

中国国家版本馆CIP数据核字（2023）第168869号

著作权合同登记号　图字：01-2023-4808
Originally published by Paris Press in 1998
First Wesleyan University Press edition 2019
© 1998 Ellen Louise Hart and Martha Nell Smith
All rights reserved

The simplified Chinese translation rights arranged through Rightol Media（本书中文简体
版权经由锐拓传媒取得Email:copyright@rightol.com）

温柔亲启：艾米莉·狄金森与苏珊·亨廷顿·狄金森私信集

出 版 人	董 宽	
责 任 编 辑	宋 杨	李 骁
责 任 校 对	张 彦	
责 任 印 制	黄 丽	
出 版 发 行	中国工人出版社	
地　　　址	北京市东城区鼓楼外大街45号　邮编：100120	
网　　　址	http://www.wp-china.com	
电　　　话	（010）62005043（总编室）	
	（010）62005039（印制管理中心）	
	（010）62379038（社科文艺分社）	
发 行 热 线	（010）82029051　62383056	
经　　　销	各地书店	
印　　　刷	北京盛通印刷股份有限公司	
开　　　本	787毫米×1092毫米　1/32	
印　　　张	17.25	
字　　　数	70千字	
版　　　次	2024年1月第1版　2024年1月第1次印刷	
定　　　价	68.00元